Alessandro Perissinotto

Train 8017

Traduit de l'italien
par Patrick Vighetti

Gallimard

Titre original :

TRENO 8017

Sellerio editore Palermo
© *2003, Alessandro Perissinotto*
avec l'autorisation d'Agnese Incisa Agenzia Letteraria.
© *Éditions La fosse aux ours, 2004, pour la traduction française.*

Alessandro Perissinotto, né à Turin en 1964 de parents ouvriers chez Fiat, aurait dû suivre le même chemin mais a appris le français à vingt ans pour devenir universitaire. Il est également chroniqueur à *La Stampa* de Turin, auteur de *La chanson de Colombano* et désormais, avec *Train 8017* et *À mon juge* publié en Série Noire, un auteur confirmé et influent du polar italien.

À ma mère

I

Balvano (province de Potenza),
dans la nuit du 2 au 3 mars 1944

— C'est plein à craquer, cette nuit !

— À chaque fois c'est pareil : ils commencent à monter dans le train à Portici, et à Salerne il y a déjà foule ; ensuite, c'est un véritable assaut chaque fois qu'on ralentit.

— Il faudrait tous les flanquer dehors ; c'est un train de marchandises, il y a des règlements.

— Ah, tu rêves avec tes règlements ; tu as une idée du nombre de trains de voyageurs qui passent sur cette ligne ?

— Non.

— Deux par semaine. Alors, tu crois qu'avec deux trains par semaine tous ces gens y trouvent leur compte ?

— Oui, tu as aussi raison. Je descends y jeter un peu de charbon, on va bientôt arriver au tunnel montant.

— C'est le tunnel des Armes. Voilà, on y entre.

— Pouah, il est déjà plein de fumée, on a du mal à respirer.

— Tiens bon, car il est encore long. Deux kilomètres, presque.

— Pourquoi diable est-ce qu'il ralentit ?

— Il n'y arrive pas, on perd de la puissance. Des pelletées, bon sang, des pelletées.

— Là le foyer est plein, contrôle la pression.

— Elle est au maximum.

— Mais nous voilà presque à l'arrêt ; on suffoque ici.

— Sainte Vierge, quelle fumée ! Faisons marche arrière, donne le signal à la loco de tête, allez siffle.

— Espérons qu'ils aient compris. Eh, vous de la 480, machine arrière ! On ressort de là, il y a trop de fumée !

— Machine arrière, allez.

— Pourquoi il ne bouge pas ?

— Il est bloqué, on dirait qu'il est freiné.

— Je me sens mal, donne-moi un coup de main…

— J'arrive, attends…

II

Peu après vingt heures hier soir via Roma à l'angle de la via Bertola, tout près de l'immeuble de La Stampa. *Un ivrogne sinistre et corpulent se donne en spectacle sous les arcades en chantant à tue-tête des airs d'opéra ; puis il aborde les passants et ne leur demande pas seulement de l'argent, mais voudrait les obliger à reconnaître ses talents de chanteur :* « Je ne chante pas bien ? Je suis Gigli, moi ! Je suis Pertile ! Je suis Caruso ! »

Arrive un carabinier en uniforme du commissariat Dora. « Ça suffit. Arrêtez ça. Allez-vous-en. » *S'en aller ? Le ténor disciple de Bacchus se jette sur lui et tente de le désarmer. S'ensuit un terrible combat de boxe ; un autre agent arrive et, grâce à Dieu, le chanteur fou est réduit à l'impuissance et traîné, les yeux exorbités, haletant, au poste de police. Là, on enregistre une deuxième bagarre : le formidable aède, identifié comme étant Giuseppe Bartolomasi, de feu Antonio, quarante-huit ans, se libère de l'emprise des agents, s'empare d'une chaise*

13

et tente de la fracasser sur la tête du commissaire.
Enfermé dans une cellule de sécurité, l'énergumène
tambourine des poings aux murs et assourdit tout
le corps de garde par ses cris et ses chants absolu-
ment bestiaux. Vers minuit enfin il reçoit quelques
cruches d'eau glacée sur la tête : il cuve son vin et
s'endort. Il sera déféré, en état d'arrestation, pour
outrage et résistance à la force publique.

Il posa le journal à côté de lui et recommença à
déguster sa soupe froide dans sa gamelle, un sourire aux lèvres. Depuis des jours maintenant les
faits divers urbains, avec leurs anecdotes dramatiques et grotesques, étaient la seule chose qui
l'intéressait de cette feuille de chou portant hypo-
critement le titre de *La Nuova Stampa*. Tous les
Turinois, depuis toujours, avant, pendant et après
la dictature, l'appelaient simplement et affectueu-
sement *La Busiarda, La Menteuse*, tant le men-
songe faisait presque partie de la vie de la cité,
comme la fumée des cheminées, le tram numéro 7
ou la foire aux vins au moment du carnaval. En
une il n'avait lu que deux choses, la date, jeudi
13 juin 1946, juste pour se rappeler quel jour on
était, et le titre principal : « Les dramatiques jour-
nées romaines. Les fonctions de chef de l'État as-
sumées par le président du Conseil. Un appel du
gouvernement aux citoyens pour l'apaisement et
l'unité nationale. Une lettre de Humbert II à De
Gasperi. » Depuis plus d'une semaine on ne parlait
que de cela, de la République, la démocratique, et
non pas celle de Mussolini, de Pavolini et de Buf-
farini-Guidi, mais pas non plus celle du peuple

qu'il avait vu naître et mourir dans le val de Lanzo. Et pourtant, à présent, au moment même de recueillir les fruits du travail et du sang, plus rien de cette République ne lui importait. À présent qu'il en était réduit à monter des sacs de ciment sur les échafaudages de la Reconstruction comme le dernier des manœuvres, maintenant que, lui qui avait été inspecteur de première classe des Chemins de fer de l'État, il était contraint de travailler clandestinement grâce à l'intervention d'un ami, à présent ni la République, ni la liberté, ni la paix ne le dédommageaient de ce qu'il avait perdu.

Il finit sa soupe en buvant à même la gamelle en fer-blanc ce qui restait d'un bouillon fait surtout d'eau et d'une misérable pointe d'extrait de viande Liebig, puis il ouvrit à nouveau la page des faits divers urbains.

LA SURPRISE DURANT LE SOMMEIL

Une jeune maîtresse et sa bonne ligotées et bâillonnées.

Mariella Prato, lycéenne, mignonne blondinette de quatorze ans, dort en toute tranquillité dans son lit : papa et maman sont partis la veille pour Castagneto Po. Elle est restée seule à la maison avec la bonne Orsolina Reolfi. Elle a étudié jusque très tard : les examens, hélas, approchent. La grande maison au 8 de la via Sant'Antelmo est plongée dans le silence. L'enfant sourit en rêvant. À quoi rêve-t-elle ? Soudain, la voilà brusquement réveillée.

*Quelqu'un lui a plaqué un chiffon sur la figure :
« Pas un mot, ne bouge pas ou je te tue. »*

Suivait la liste des biens dérobés par les voleurs ; en la lisant il éprouva un frisson de satisfaction en pensant à tous ceux qui avaient perdu ce genre de choses, et d'autres moins précieuses et plus nécessaires, sans le tapage d'une colonne des faits divers, sous les décombres. Cette pensée, comme à d'autres moments, lui déchira la conscience à moitié : d'un côté le sentiment d'un acte de justice qui s'accomplissait, de l'autre la loi qui n'admettait pas d'exceptions, en particulier pour ceux qui, comme lui, avaient reçu de l'Administration la charge de protéger les entrepôts du saccage et du vandalisme des voyous. Mais c'était là de l'histoire ancienne, de l'époque où il avait fait partie de la Milice des Chemins de fer, de l'histoire passée.

Pour ne pas y penser il recommença à parcourir la page, et en bas, dans le coin destiné aux nouvelles qui ne suscitent ni un grand intérêt ni une grande peine, il lut un nom qu'il lui sembla avoir déjà entendu.

Hier matin à l'aube, Isolina Moretti, la concierge de l'immeuble situé au 4 de la via Carlo Noè à Turin, qui faisait le ménage dans le couloir des mansardes, a découvert, renversé dans une mare de sang, le corps sans vie de Monticone Giovanni, de feu Giacomo, quarante-six ans, locataire d'une de ces mansardes. Après vérification de la part des

*policiers chargés de l'enquête, rapidement alertés
par Mme Moretti, il apparaît que l'homme a été
tué de deux coups de poignard au ventre.*

Monticone Giovanni, et si c'était ce Monticone
Giovanni avec lequel il avait partagé, quand il
avait à peine vingt ans, ses premiers repas à la
cantine des cheminots à Porta Nuova ? Le journal
n'en disait pas davantage, et dans sa mémoire il n'y
avait rien de plus précis à part ce nom, un nom certes très commun, un visage de jeune homme et les
traces d'une amitié perdue ou abandonnée allez
savoir quand et pourquoi.

Le contremaître cogna de son marteau dix coups
secs sur les tubes de l'échafaudage. Plusieurs dizaines d'hommes sortirent des petits coins d'ombre où ils s'étaient réfugiés pour le déjeuner et
entreprirent de grimper sur les structures, pour
gâcher le mortier et empiler les briques, lesquelles, disaient avec mépris les vieux du métier,
étaient à présent faites avec de l'air. L'espace ver-
tical du chantier se remplit à nouveau de cris.

— Cesco, *'l boieul !*

— Quoi ?

— *'l boieul*, le seau, sale Napolitain !

— Bertu, où est donc passé Vigiu ?

— Il est là-haut sur le toit, m'sieu Pettenuzzo, il
est là-haut pour essayer d'arranger les choses car
il dit que les tuiles ils ne savent pas les mettre
comme il faut.

— C'est bon, et toi, Adelmo, bouge un peu,
remue-toi, je ne te paie pas pour tirer ta flemme,

car une place comme celle-là tu n'en trouveras plus, tu le sais, pas vrai ?

Questions, réponses, appels, blagues lourdes qui, comme chaque jour, ne cessèrent que lorsque le contremaître tapa de nouveau dix coups.

Il replia le journal qu'il avait fourré vite fait dans sa poche et le rangea dans son sac avec la gamelle, puis il accrocha le sac au cadre de son vélo et pédala en direction de chez lui.

— Seigneur, dans quel état !

Sa mère ne s'habituait vraiment pas à le voir rentrer d'une journée de travail les vêtements salis par la chaux et les cheveux qui paraissaient avoir blanchi d'un seul coup, la figure maculée d'un mélange de terre et de sueur, les mains couvertes de plaies. Cette main qui tenait avec sûreté une plume sur la photo accrochée dans la cuisine, où son fils figurait dans sa nouvelle fonction d'inspecteur de première classe : costume noir, col raide, nœud papillon, les cheveux coiffés en arrière, les moustaches en guidon bien entretenues, le regard absorbé et rieur à la fois et ces mains délicates, encore plus blanches si c'est possible que les longs poignets de chemise d'où elles dépassaient. Mais c'était en d'autres temps, lorsqu'on mangeait de la viande chaque jour de fête et qu'on ne se serrait pas la ceinture avec sa pauvre pension de veuve de la Grande Guerre. C'était du temps où son fils rentrait du travail beau comme un marié et non pas dégoûtant comme un vagabond à la soupe populaire.

— Va te laver tout de suite et ne t'avise plus de rentrer comme cela !

C'était là encore la phrase de tous les soirs. Elle lui tendit un morceau de savon et un torchon qui avait été une serviette et il se dirigea vers le lavabo de la coursive en se demandant comment il ferait l'hiver.

Lorsqu'il fut de nouveau présentable, le dîner l'attendait sur la table : la même soupe que ce matin, à peine tiédie sur le fourneau, et un bout de fromage. Ils mangèrent en silence, comme d'habitude, levant de temps en temps les yeux comme pour constater leur présence réciproque, et un quart d'heure après le plan de marbre de la table était déjà débarrassé.

— Donne-moi ta gamelle, je vais te la laver.

Il sortit le bidon de son sac et, en voyant le journal, lui revint à l'esprit le nom de Giovanni Monticone.

— Maman, tu te souviens qu'à peine entré aux Chemins de fer je te parlais de temps en temps d'un type qui s'appelait Giovanni Monticone ?

— Bien sûr que je m'en souviens, j'ai presque soixante-dix ans, mais la mémoire est une des rares choses que j'ai gardées de bonnes. Une fois il est venu jusqu'ici à la maison, ensuite vous êtes allés au stade voir jouer au ballon. Un jeune homme maigre, imberbe. Il habitait du côté de Porta Palazzo.

— Via Carlo Noè ?

— La rue, tu ne me l'as jamais dite, mais c'est sûr qu'il était de ce coin-là.

Pourquoi sa mère se souvenait-elle de choses qui dans son esprit bien plus jeune se perdaient dans une purée de pois ? Les générations des vieux étaient-elles donc d'une autre trempe, ou alors quelque chose s'était-il brisé en lui lors de ce maudit 12 mai 1945 ? Le journal de ce jour de malheur était encadré juste à côté de la photo dont sa mère était si fière, en manière de contrepoint, rappelant combien on pouvait facilement déchoir, combien était provisoire la tranquille assurance de ces yeux au-dessus des moustaches en guidon. La page encadrée portait en titre : « Liste des personnels frappés d'épuration par le Comité de Libération Nationale », avec en dessous une liste de noms par ordre alphabétique. Au septième rang, souligné d'un trait de crayon, le sien, Adelmo Baudino, Chemins de fer de l'État, District de Turin. De la purée de pois de sa mémoire émergeait avec netteté l'impression de vertige qu'il avait éprouvée à ce moment-là, le sentiment que cela ne pouvait pas être vrai ; et puis, les mois d'angoisse, les accusations, les défenses, les trahisons et finalement la condamnation : personne n'avait voulu témoigner en sa faveur, personne pour vouloir se souvenir d'un Adelmo Baudino différent de celui qui, avant guerre, avait reçu l'écharpe fasciste. Lui, cependant, l'avait écrit dans ces quelques feuillets de justification tapés à la machine et destinés à la commission d'épuration.

L'écharpe fasciste m'a été attribuée automatiquement au terme d'une période de service déterminée, et a été, par la plupart comme par moi, considérée comme un objet décoratif. Aucun brevet n'a été décerné, ni une quelconque distinction à mettre sur l'uniforme de façon permanente. Je ne l'ai pas achetée, et de toute façon jamais portée, n'ayant d'ailleurs jamais revêtu l'uniforme civil fasciste. En cette circonstance, je confirme n'avoir jamais mis un pied ni dans la maison des licteurs ni dans les cercles fascistes, et je ne me suis jamais lié à des éléments fascistes en dehors de ma fonction.

Il avait parlé aussi des grèves, de la façon dont il avait été fiché pour sa participation aux grèves de 1920, mais il n'y avait plus trace de ce fichage, et personne ne voulait se le rappeler. Une fois de plus le nom de Giovanni Monticone lui vint à l'esprit ; lui sans doute se le serait-il rappelé, sans doute aurait-il témoigné, aurait-il pu faire reconsidérer son cas par la Commission. À condition naturellement que son collègue cheminot Giovanni Monticone ne fût pas le même que l'homme poignardé à Porta Palazzo. Demain il irait vérifier.

III

Turin, 14 juin 1946. Vendredi

Un potage de pâtes, avec l'huile qui flottait sur la surface en dessinant des cercles qui suggéraient des yeux méchants. Un autre souper de pauvre, mais au fond pourquoi s'en étonner ? Sa mère et lui étaient pauvres, il fallait bien l'admettre et se faire une raison ; lui manœuvre à la journée, elle veuve de guerre, que pouvaient-ils exiger de la vie ? Peut-être même devaient-ils remercier les bombardements qui avaient emporté un pan de l'immeuble qu'ils habitaient et une pièce de leur appartement, sans quoi le propriétaire aurait trouvé de nouveaux locataires : il les aurait remplacés par des gens qui ne tardaient pas pour payer le loyer. Mais à présent le propriétaire avait d'autres problèmes et ils pouvaient donc continuer à vivre dans ce qui avait été leur maison depuis qu'Adelaide Ortalda, fille d'Anselmo, avait épousé le caporal de chasseurs alpins Benedetto Baudino, de feu Carlo, en 1899, un an avant la naissance d'Adelmo.

Il se leva et tendit à sa mère, déjà penchée sur l'évier de marbre gris, une assiette contenant le trognon, rongé au maximum, d'une poire. Son estomac gargouillait encore, mais le repas était fini pour ce soir. Il était huit heures moins le quart, et s'il avait cédé à ce que lui disaient ses jambes, ses reins et ses bras, il serait allé au lit sans même écouter un peu la radio. Mais il reprit son vélo et se dirigea vers Porta Palazzo.

La journée de travail paraissait avoir rompu tout le monde, et non pas lui seulement, non pas seulement tous ceux qui comme lui s'étaient brisé l'échine sous le soleil, mais toute la ville paraissait vouloir souffler et se reposer en silence. Sur le corso Peschiera, à part deux charrettes devant l'église de la Crocetta, le seul mouvement était celui du tram, de la Circulaire, celui que les gens appelaient *'l tramvai dle leje* car il décrivait un anneau en passant par presque toutes les avenues bordées d'arbres de Turin. Ce n'est que sur la piazza Solferino qu'il vit quelques Topolino, quelques Balilla et même une Aprilia : des gens qui se rendaient au cinéma, sans doute au *Doria*, tout près, où depuis plusieurs jours le public faisait la queue pour voir *J'ai épousé une sorcière*, enfin en italien. Il prit finalement la via delle Orfane, tourna via Giulio et, débouchant sur la grande place à la hauteur des *Tre Galline*, il vit l'étendue des charrettes, des étals et des bâches qui le lendemain, comme tous les jours, deviendraient le célèbre marché de Porta Palazzo ou, comme tout le monde disait, Porta Pila. Si l'on voulait trouver quoi que ce soit, c'était là qu'il fallait aller : uniformes américains, poissons frais expédiés de Camogli, godillots, poules vivantes ou mortes, vêtements neufs, quasi neufs ou usagés, rubans et boutons, tommes de Lanzo tout juste arrivées de l'alpage et *seirass* puants comme peu d'autres fromages savaient l'être. Et ce qui n'était pas en vente sur les étals était proposé sous le manteau d'autant de gibiers de potence qui évoluaient discrètement parmi la foule : papier à rouler, tabac, cigarettes. Il y en a qui pour vous vendre un paletot auraient juré que Jésus-Christ était mort de froid. Et puis les commerces de papier et de corde ; et les bicyclettes fraîchement repeintes jaune canari ou gris fumée en fonction de la couleur que le propriétaire précédent ou le précédent voleur leur avait donnée.

Le quartier était à l'image de son marché, il y avait de tout : commerçants enrichis, artistes du vol à la tire, mères de famille, pères au bistrot, acrobates du bonneteau prompts à disparaître avec leur petit tréteau dès que quelqu'un criait « Madame ! ». Autour, une grouillante marmaille composée de gosses sales qui jouaient avec des ballons de chiffons, de jeunes avec les mains dans les poches et le *fumarin* qui pendait à leur lèvre, et de *garga* à peine sortis de prison ou en passe d'y entrer au premier coup de filet.

Les habitations de la via Carlo Noè dominaient des édifices plus petits et ce qui restait des immeubles réduits à des décombres noircis par les bombes incendiaires anglaises ; on voyait distinctement leurs coursives depuis les rues avoisinantes. De longues coursives, à la rampe en fer, d'un côté l'escalier, de l'autre les toilettes, communes à toutes les familles de l'étage. Aux portes des cuisines, les vieux en maillots de corps attendaient le frais assis sur des chaises mal rempaillées.

Adelmo attacha son vélo à un réverbère avec l'espoir de le retrouver entier, roues et lumière comprises. Au numéro 4 le portail était ouvert, la gardienne devait être encore dans sa loge. Le couloir était étroit et les deux chasse-roues de ciment protégeant l'entrée avaient été ébréchés en plusieurs endroits par des charretiers peu habiles ; des murs décrépis montait une odeur d'humidité et de vieux, de balayures et de pisse de chat, ce mélange d'odeurs que tous ceux qui avaient habité les vieilles maisons du centre connaissaient tellement bien qu'ils lui donnaient un nom unique et intraduisible, *odor d'arciuff.* Sur l'un des murs, juste en face de l'escalier, s'ouvraient une fenêtre et une porte vitrée à peine voilée de petits rideaux qui laissaient entrevoir une pièce sombre et dépouillée. Il frappa discrètement et une femme d'une soixantaine d'années, petite et grassouillette, vint ouvrir.

— Madame Isolina Moretti ?

— Oui, c'est pour quoi ?

— Bonsoir, je m'appelle Adelmo Baudino. Je suis un ami... sans doute suis-je un ami...

Embarras. La chose était simple, mais difficile à dire.

— Voilà, il se peut que cet homme que vous avez retrouvé mort l'autre jour ait été mon collègue il y a pas mal d'années, mais je n'en suis pas sûr. Avait-il des parents qui habitaient ici ?

— M. Monticone ? Si c'est pas malheureux ! Non, il n'avait plus personne, ni ici ni ailleurs, à ma connaissance. Depuis son retour je ne l'ai jamais vu avec quelqu'un, sinon avec son ami méridional, lequel ne se montrait pas souvent lui non plus.

— Son retour ? D'où ça ?

— Venez à l'intérieur, je vais tout vous raconter. Si c'est pas malheureux, quelle triste histoire !

Vue de l'intérieur, la pièce paraissait encore plus misérable qu'on pouvait le supposer en regardant à travers les rideaux. Un petit fourneau, un évier, une table avec trois chaises dépareillées et une ampoule de quinze watts qui faisait pleuvoir du plafond une lumière jaunâtre ; dans un coin le poêle à bois et dans le fond une tenture à fleurs qui, en manière de rideau, cachait sans doute le lit.

— Asseyez-vous. Voulez-vous un peu de vin ?

— Oui, merci.

La gardienne prit dans l'évier un verre devenu opaque à force de gouttes d'eau jamais essuyées, le passa dans son tablier et le remplit avec la fiasque qui était déjà sur la table à côté d'un autre verre, incrusté d'arabesques sanguines, avec lequel devaient habituellement se terminer ses soirées.

— Quand je suis venue travailler dans cet immeuble, moi j'avais vingt ans et j'arrivais de la campagne, les Monticone habitaient déjà ici. De braves gens, modestes, mais des gens polis, vraiment très bien ; on ne les entendait jamais brailler quand ils se disputaient, s'ils se disputaient, jamais faire de bruit. Quand il pleuvait ils s'essuyaient toujours bien les pieds pour ne pas amener de la gadoue dans l'escalier et personne ne s'est jamais plaint d'eux comme ça arrive souvent au contraire : vous savez, une fois les cabinets qu'on laisse sales, une autre fois une chemise qui disparaît de l'étendage... Eux, jamais rien...

Dès le premier instant Adelmo s'était résigné à écouter des propos sans aucun intérêt dans le seul but de parvenir à savoir si cet homme était le Giovanni Monticone auquel il pensait, si ces coups de couteau avaient tué aussi le dernier fil d'espoir, l'ultime possibilité d'être réintégré.

— Ils habitaient au premier...

— Mais dans le journal il était écrit que le mort était là-haut dans les mansardes, non ?

— Oui, mais je voulais parler d'il y a plus de quarante ans. Giovanni venait tout juste de naître. Quel beau petit c'était ! Mais vous auriez vu dans quel état il en était réduit à son retour : un clochard, un vrai clochard. Il n'avait même plus l'argent pour payer le loyer de l'appartement du premier, alors il a pris la mansarde, car le propriétaire, le fils, la lui laissait pour presque rien à cause d'un service que Giovanni lui avait rendu avant son retour, mais c'est un truc dont je ne sais pas

27

grand-chose, des trucs entre eux. Il vivait avec le peu que sa famille lui avait laissé, mais il menait une vie triste. Et pour finir comme ça. Pauvre diable. J'ai eu une de ces frayeurs, vous savez. D'avoir vu tout ce sang, il m'arrive de tomber dans les pommes.

Comme pour se donner du courage, la femme avala d'un trait un autre verre de rouge. Adelmo profita de cette courte accalmie dans le tumultueux torrent de paroles pour poser à la gardienne la seule question qui lui tînt vraiment à cœur.

— Excusez-moi, mais Giovanni Monticone avait travaillé comme cheminot ?

— Mais bien sûr, vous qui étiez son ami vous devriez le savoir.

Voilà, c'était bien là le problème, était-il son ami ?

— Giovanni, poursuivit la femme, était entré aux Chemins de fer alors qu'il n'avait pas encore vingt ans, et tant qu'il est resté ici il a travaillé aux Chemins de fer, et même, à vrai dire, il a continué à faire le cheminot même après qu'il est descendu dans la basse Italie, mais ensuite quand il est revenu...

Il ne l'écoutait plus. L'espoir était retombé, et même il était mort au moment même où il s'était levé. D'ailleurs, c'était un espoir vain car, même si son Giovanni Monticone n'avait pas été le type assassiné, il fallait retrouver le bon, et alors espérer qu'il se rappellerait les grèves de 1920, ensuite le convaincre de témoigner, ensuite persuader ce satané Ripa di Meana et sa Commission d'épuration que cette grève suffisait à prouver sa sympathie pour les Idées Nouvelles, ensuite...

Isolina Moretti continuait à parler.

—... il est revenu ici début mars, ses parents étaient morts depuis même pas un an ; le papa d'une pneumonie, car cet hiver il faisait un froid de canard, et du bois pour se chauffer inutile d'en parler, si vous essayiez de couper une branche dans les avenues ils avaient l'ordre de vous tirer dessus, la maman peu de jours après, de crève-cœur je suppose. Et lui, pauvre diable, assassiné comme ça, comme un brigand. À son enterrement ce matin j'étais toute seule. Même son ami du Midi n'est pas venu, qui se montrait de temps en temps et qui était la seule personne qu'il avait.

— Merci pour tout madame Moretti, Giovanni Monticone était bien mon collègue d'il y a pas mal d'années, on ne se fréquentait plus, mais c'est toujours triste quand quelqu'un meurt, surtout de cette façon.

— Eh oui, deux coups de couteau dans le ventre et une mare de sang tout autour. Celui qui est monté avec le commissaire, ça devait être un docteur, a dit qu'on lui avait coupé le foie en deux. Ensuite ils l'ont emmené et moi j'ai passé toute la matinée à frotter le sang du plancher, en revanche sur le mur ça n'est pas parti ; il y faudrait une bonne couche de blanc, mais avant que le propriétaire veuille dépenser des sous, il est radin celui-là, mais alors ce qui s'appelle radin...

Adelmo se leva.

— Bonne nuit, madame, et encore merci.

La concierge l'accompagna à la porte et dans ces quelques pas elle tituba manifestement.

— Bonne nuit.

On entendit le bruit du verrou tiré. À travers l'écran translucide des rideaux il la vit retourner à la table pour se servir encore du vin ; il se dit qu'elle ne tarderait pas à sombrer dans le sommeil, là sur la table, la tête appuyée sur un bras et le verre encore à la main.

IV

Turin, 16 juin 1946. Dimanche

Il se réveilla en sursaut. En sueur. Il chercha le verre d'eau qu'il laissait sur sa table de nuit et le but d'un trait. Il regarda la montre de gousset posée là à côté, dernière trace de son passé de cheminot : trois heures vingt-cinq. Il avait de nouveau fait ce rêve, ce rêve rempli de lambeaux de chair répandus partout.

Il est là, un peu à l'écart, on le tient à l'écart car il est le dernier arrivé, même s'il est le plus vieux. Les autres s'affairent tous autour du canon de 75, l'un de ceux qu'il a contribué à voler aux nazis et à faire parvenir à Ceres par le rail. Hausse zéro, disent-ils. Il n'y a pas les tables de tir, on ne peut que viser au zéro. On le pointe sur le grand virage qui monte de Chiampernotto, au-dessous d'Ala di Stura. D'en bas arrivent deux panzers allemands et un camion avec une trentaine de soldats des détachements Anti-Partisans. Le premier char avec le canon rapide vise à mi-côte sur la montagne et détruit les deux chalets de Gioanin dji Pruss. Le commandant Renzo leur répond, surprise : un coup de 75 bien ajusté, et la grosse bête se couche sur le côté. On hurle de joie. Renzo dit à Bressan et à Perotti de recharger, car ce n'est pas fini : ils n'en ont pas le temps, le second panzer pousse hors de la grand-route le char touché et tire. Il tire le seul coup qui frappe la pièce de 75 avec son projectile déjà dans la culasse. Renzo est blessé, Bressan et Perotti sont écrasés contre les rochers, les morceaux un peu partout. Et lui, un peu à l'écart, il se retrouve avec ces lambeaux de chair sanguinolente sur lui. Et chaque fois qu'il fait ce rêve les lambeaux se multiplient ; il en a sur ses vêtements, sur le visage, dans les cheveux, il en a les yeux brouillés, il en a le goût dans la bouche. Et à chaque réveil il est davantage en sueur, davantage bouleversé.

Oui, car lui, il était là, en cet après-midi du 3 juillet 1944, un peu à l'écart, mais il était là. Les chairs en charpie de Bressan et Perotti ne l'avaient pas effleuré, mais c'est comme si elles avaient pénétré en lui. Lui, il était là avec les Partisans, avec les Garibaldiens du 11e.

Alors comment avait-on pu lui faire ce qu'on lui a fait ? Pourquoi l'avait-on condamné à cette infamie et à cette misère ? Épuré. Adelmo Baudino, épuré. L'inspecteur de 1re classe Adelmo Baudino, ex-agent du corps de police des Chemins de fer avait été épuré. Comme un fasciste, comme un collabo.

À Monsieur BAUDINO Adelmo ;

Vu le rapport vous concernant de la Section du C.L.N., vous êtes prié de rester en réserve du service en attendant que votre situation soit examinée, et de demeurer joignable, dans votre intérêt, à votre domicile.

Monsieur BAUDINO Adelmo,

Nous vous informons que le C.L.N. district de Turin a prononcé une décision d'épuration à votre endroit.

En conséquence vous êtes dispensé du service avec effet au 1/5/1945. Turin, le 16/5/1945.

Les textes lapidaires et formels de ces communiqués rédigés sur du vélin jaunâtre et marqué du tampon circulaire du Comité de Libération nationale, hantaient encore son esprit plus d'un an après. Un an depuis le premier, trois mois depuis le dernier et définitif.

Turin, le 14 mars 1946. La 1re Sous-Commission d'épuration pour le personnel du district de Turin, composée de MM.

    1°) Dr Bernardo RIPA DI MEANA Président

    2°) Ingénieur Gabriele MERLONI 1er Membre

    3°) Mario GUGLIELMINETTO   IInd Membre

ayant constaté que l'Inspecteur de première classe BAUDINO Adelmo a appartenu à la Milice des Chemins de fer avec le grade d'Officier pour un total de dix-huit années consécutives ; ayant constaté que durant cette période il a obtenu quatre promotions dans les grades ferroviaires qui ne lui auraient probablement pas été accordées si M. Baudino avait effectué un service ferroviaire normal ; ayant estimé que pour les fonctions occupées M. Baudino est implicitement coupable de :

Manifestations durables de caractère fasciste

DÉCLARE

l'incompatibilité avec le maintien dans le service de M. BAUDINO Adelmo, inspecteur de première classe.

Mais quels avancements indus ! Quelles promotions obtenues pour « mérites fascistes » ! Et Bortoletti, alors ? Engagé sept ans après lui, et sans aucun diplôme, et il conservait le même échelon qu'avant la guerre. Et regardez donc Soffiantini, un inspecteur principal de ce genre, là oui il y avait « mérites fascistes ».

C'est vrai, il avait été dans la Milice, dans la Police des Chemins de fer. On l'avait invité à y entrer dès 1923, même si planait encore fortement sur lui l'ombre de sa participation à la grève de 1920. Il avait accepté. Pourquoi ? Peut-être parce que le corps était encadré militairement, ce qui lui rappelait son père, ou parce qu'à cette époque il avait encore envie de jouer aux gendarmes et aux voleurs, l'illusion d'arrêter les vols sur les trains, le sentiment puéril des bons et des méchants. Mais au Parti national fasciste non, il n'était pas inscrit ; c'est pour cela qu'à la fin on l'avait chassé de la Milice, et il était retourné faire le simple cheminot : Section Approvisionnements. Ensuite, le 8 septembre[1], c'est là précisément, dans la Section Approvisionnements, qu'il était passé de l'autre côté, qu'il avait commencé à faire ce qu'il avait combattu dix-huit ans durant : voler l'Administration. Et cela, les Partisans le savaient, les Garibaldiens le savaient, les Badogliens le savaient, ceux de Justice et Liberté le savaient ; il n'avait jamais rien gardé pour lui-même, pas une couverture, pas une gamelle : tout ce qu'il avait volé avait fini là-haut dans les montagnes, comme lui à la fin, lui aussi avait fini au maquis. Mais cela, personne ne voulait plus se le rappeler, on préférait ajouter foi aux déclarations intéressées de collègues envieux, de subalternes jaloux.

Misère.

Il consulta de nouveau la montre sur la table de chevet.

Cinq heures. Il ferma les yeux et essaya de se rendormir. Il y parvint.

Des rais de lumière jaune filtraient au travers des volets fermés, et d'autres par les planches clouées qui comblaient le trou que les bombes

1. 8 septembre 1943 : capitulation de l'Italie face aux Alliés.

avaient laissé dans le mur de sa chambre. Autrefois il ne lui arrivait jamais de se lever quand le soleil était déjà haut, pas même le dimanche ; à présent au contraire cette paresse semblait être l'unique plaisir des jours de fête.

Sur la table de la cuisine, un petit pain blanc, une assiette de lait et un peu de café d'orge dans la cafetière napolitaine.

Son petit déjeuner avalé, il s'habilla et s'apprêtait à descendre.

— Tu t'en vas comme ça ? lui cria sa mère. Sans veste ? Sans cravate ?

— Il fait chaud ! Et puis je vais seulement au kiosque à journaux.

— Chaud ou pas, un monsieur ne sort pas en bras de chemise et sans chapeau.

— Nous ne sommes plus des messieurs, nous ne l'avons jamais été. Et après tout ce que nous avons vécu, nous le sommes moins que jamais.

Il referma la porte derrière lui, mais avec précaution, car ce n'était pas le moment d'irriter sa mère. Ou alors oui, il aurait fallu lui dire une bonne fois qu'il n'était plus un petit garçon, qu'il avait quarante-cinq ans, qu'il en avait... Bah, ce serait pour une autre fois.

— *La Stampa*, m'sieu Adelmo ?

— Oui, et aussi *La Domenica del Corriere*, pour ma mère.

Ses journaux sous le bras, il prit le chemin du retour, pour ce matin la promenade était terminée ; en attendant les pâtes et la poule bouillie, il lui resterait juste le temps de lire quelques nouvelles, quelques nouvelles sans importance comme celles qui lui plaisaient.

IL VOLE LA VOITURE DU COLONEL
JUSTE DEVANT LA CASERNE

Bruno Sala, fils de Lorenzo, vingt-deux ans, aperçoit hier devant la caserne Valdocco une Topolino verte laissée sans surveillance. Sans y réfléchir à deux fois, il s'installe au volant et met aussitôt le moteur en marche afin de s'éloigner : mais presque au même moment sort de la caserne le propriétaire, le colonel Quaranta, lequel pique un sprint, saute sur le marchepied de la voiture et oblige Sala à s'arrêter. Puis, ayant ouvert la portière, il le tire dehors de force en l'attrapant par la peau du cou et le remet, deux minutes plus tard, aux agents accourus qui le déclarent en état d'arrestation.

UN CADAVRE DÉCOUVERT
PAR UN CHEVAL

Dans la nuit de vendredi à samedi, un jeune garçon d'écurie qui dormait au dépôt de charrettes de la via Pesaro, à l'angle de la via Rovigo, a été réveillé par un hennissement furieux des chevaux qui étaient sous sa garde. Hardie, une jument de neuf ans, après avoir défait sa bride, s'est rendue tout au fond du hangar, où le foin est entassé, mais au lieu de se rassasier à volonté, elle montre quelque emballement. Non sans mal, le jeune homme ramène l'animal au calme et à sa place, puis, intrigué par une telle agitation chez une bête de caractère, selon lui, doux, il inspecte les lieux à l'aide d'une lampe à pétrole : du tas de foin dépasse la main d'un homme. Nullement effrayé et convaincu qu'il s'agit de l'ivrogne habituel qui a trouvé le moyen de se faufiler là pour cuver son vin, le garçon d'écurie tire le corps de là-dessous, mais pour s'apercevoir très vite qu'il s'agit d'un cadavre dont le ventre a été lacéré de deux coups de couteau. Avertis par téléphone, les agents du commissariat voisin arrivent sur les lieux et constatent le décès de l'homme qui, d'après les papiers retrouvés sur lui, se révèle être Pepe Pasquale, de feu Ciro, trente-huit ans, profession cheminot, résidant à Muro Lucano, mais temporairement domicilié à Turin, au 5 via Bognanco, chez sa sœur, Pepe Graziella, épouse Berutto.

Les temps sont durs pour les cheminots, deux assassinés en une semaine, heureusement qu'on l'avait chassé, épuré. Il sourit amèrement, sans y penser.

— Adelmo, les pâtes sont servies.
— J'arrive.

V

Turin, 16 juin 1946. Dimanche

— Alors, Irma, il vient ce faisan ?

— Encore un instant, monsieur Berto. Si Monsieur me l'avait apporté ce matin, il serait prêt à l'heure qu'il est. Mais non, Monsieur s'amène tout beau à cinq heures avec son faisan et il le veut tout de suite, comme si je n'avais que lui à servir. Dites-le-lui donc, vous, monsieur Adelmo, si je n'ai pas raison.

Adelmo sourit sans répondre. C'était toujours comme cela avec Irma ; aucun des clients de *l'osteria del Polo Nord* ne se souvenait d'avoir vu la cuisinière le sourire aux lèvres et avec des manières moins brusques. D'un autre côté il fallait la comprendre, la pauvre femme : elle passait la semaine à nourrir des ouvriers affamés et pressés qui sortaient de la *Materfer* du corso Lione ou des mille petites usines du secteur, et le dimanche arrivaient les messieurs, ceux qui lui apportaient du gibier pour qu'elle le leur prépare comme seule elle savait le faire, et tout le monde de lui demander et de réclamer. Et donc Berto, qui s'amusait à la provoquer ; mais Berto était ainsi, et elle ne se fâchait pas plus que cela.

— Finissez d'abord vos *agnolotti*, le faisan va arriver.

Les deux amis se remirent à savourer leur plat de raviolis au jus de rôti, échangeant un mot de temps en temps, car le dîner du dimanche était devenu le seul repas pour ces discussions qui étaient auparavant leur pain quotidien.

— ... et Pettenuzzo, comment est-il au chantier ?

— Aimable.

— Allons, ne me raconte pas d'histoires, Adelmo, Pettenuzzo n'a jamais été aimable de toute sa vie, pas même enfant avec sa mère.

— On ne choisit pas ses patrons, encore moins de nos jours, surtout vu notre situation.

— Je te l'ai dit mille fois, viens travailler chez mon père : tu connais un peu la comptabilité, tu sais taper à la machine...

— Oui, avec deux doigts, comme un débile.

— Aucune importance, à force de taper des contrats tu te feras la main. Et puis, à l'étude, on a toujours besoin de quelqu'un en qui on ait confiance.

— Pour cela, il y a toi déjà.

— Tu parles, si mon père avait confiance en moi, crois-tu que j'aurais fait cheminot ?

— Berto, tu sais parfaitement que tu es entré aux Chemins de fer juste pour contrarier ton père. Le fils de Maître Galimberti conduit des trains. Ça te faisait plaisir qu'on murmure cela dans les salons bourgeois. Les gens le disaient à voix basse, mais sur un ton entre compassion et moquerie. Ça te faisait plaisir de voir ta famille exposée à la risée.

— Ce que j'aimais, c'étaient les trains, je les ai toujours aimés ; enfant, ma salle de jeux était remplie de petits trains de toutes sortes.

— Allons donc, c'était là ta façon de jouer les poètes maudits : vous êtes tous pareils, vous les fils à papa !

Il sourit, pour atténuer par l'affection la rudesse de cette réplique, puis il reprit :

— Sur les trains, toutefois, tu as raison : ils laissent des traces indélébiles.

— Oui, le noir du charbon !

— Ah, tu sais très bien de quoi je veux parler. C'est un peu comme ceux qui ont vécu en Abyssinie, ils disent que ces pays-là te laissent une langueur, une nostalgie... C'est peut-être pareil avec le rail, qui sait !

Irma s'approcha de la table brandissant une énorme casserole.

— Voilà ce que Monsieur Berto a chassé ce matin, mais qu'il a daigné ne m'apporter que tard dans l'après-midi. Sentez-moi ça, dit-elle en soulevant le couvercle, car les assiettes arrivent.

L'arrivée du faisan apaisa les propos. Ils ne se l'étaient jamais dit, et aucun des deux ne se l'était même jamais avoué, mais ces repas à *l'osteria del Polo Nord* étaient pour Berto un moyen d'aider son ami à se remplir le ventre pour compenser les appétits inassouvis de la semaine. Un dîner et un coup à boire offerts par amitié n'avaient jamais blessé personne, mais impossible d'aller au-delà : Adelmo n'acceptait pas les faveurs, pas même cette place d'employé à l'étude de Maître Galimberti.

Alentour les clients parlaient fort, et plus ils buvaient plus ils criaient. On entendait des éclats de rires déchirer l'air, cela faisait depuis avant la guerre qu'on n'en entendait plus d'aussi gras et francs.

De la table longue au fond de la salle, un groupe du Club alpin italien, de retour d'une excursion, entonnait l'habituel répertoire de chansons de refuge ou d'autocar.

« Au tramway de Perosa il manque les coussins : les fesses de la serveuse ! les fesses de la serveuse ! Au tramway de Perosa il manque les coussins : les fesses de la serveuse pourraient bien faire l'affaire… »

La viande terminée et en attendant qu'Irma serve à tout le monde ses fameuses pêches cuites au four avec *amaretti* et chocolat, Berto et Adelmo reprirent leur bavardage sur le bon vieux temps. Le vin avait atténué la mélancolie, et les regrets paraissaient moins creuser le fond de l'âme. Ils se rappelèrent leurs auditions respectives devant la Commission d'épuration et, une fois de plus, ils envoyèrent Ripa di Meana se faire foutre, mais comme cela, sans rancœur, presque en le plaignant, comme si au fond il leur avait fait plaisir en les libérant de leur ancien travail. Et, en effet, Berto se fichait pas mal de l'épuration pour « manifestations durables de caractère fasciste » ; à part cette nostalgie du rail, qu'il pouvait surmonter quand il le voulait en se payant un billet de première classe, son seul problème était de tuer le temps. Pour Adelmo c'était différent, mais en ce moment non seulement Ripa di Meana, mais l'Administration, la République, le monde entier même pouvaient bien s'effondrer. Il se servit un autre verre et, comme s'il reprenait à haute voix le fil de pensées interrompues le matin, il dit :

— D'un autre côté, être cheminot par les temps qui courent, ce n'est pas très réjouissant : on les tue comme des mouches.

Berto ne saisit pas.

— Tu n'as pas lu les faits divers ces jours-ci ?

— Non.

— On a refroidi deux collègues en l'espace de quelques heures. Un du côté de Porta Palazzo et l'autre à même pas un kilomètre de distance, via Pesaro. Tous les deux poignardés. Tiens, tu en connaissais peut-être un, il était d'ici, de Turin, Monticone.

— Des Monticone, il y en a des tas, il était à l'Approvisionnement ?

— Non, je crois qu'autrefois il travaillait au Bureau du Mouvement, mais cela faisait une éternité que je ne le voyais plus. En fait, à dire la vérité, quand j'ai lu l'article j'espérais que ce n'était pas lui le mort, car si le Monticone que je connaissais était vivant, il aurait pu parler de la grève de 1920 aux types de l'Épuration. Pour m'en sortir j'ai besoin de mérites, des mérites de toutes sortes, pourvu que ce ne soient pas des mérites fascistes, car ceux-là je n'en ai jamais eu, même si on me les a collés sur le dos.

Dans les yeux de Berto passa une joie soudaine, comme lorsque les enfants découvrent le moyen de berner le bedeau ou de voler des figues dans le jardin d'une villa.

— Qu'est-ce que tu as à me regarder comme ça ? Ça n'a rien de drôle.

— Au contraire, et je m'étonne que tu ne le comprennes pas ; on voit bien que le ciment de Pettenuzzo t'a déjà atteint le cerveau.

— Explique-toi, ne fais pas l'idiot.

— Plus tard.

Et il s'unit au chœur des alpinistes qui avaient à présent entraîné presque toute la salle du restaurant.

« J'ai acheté une écharpe en laine, je l'ai achetée mon amourrr pour toi, mais depuis que tu fais la... »

Tout le monde la connaissait, celle-là, et tout le monde chantait.

« l'écharpe en laine je me la garde. J'ai acheté une moto Morini, je l'ai achetée mon amourrr pour toi... »

Puis on ajoutait des strophes : la moto Gilera, la moto Benelli... Et à la fin il se trouvait toujours quelqu'un qui avait l'idée de sortir quelque chose de nouveau pour faire rimer avec putain, avec oiseaux, et même, comble du raffinement saisi par peu de monde, avec prépuces.

« J'ai acheté... »

44

La chanson se transforma en ovation, puis en silence à l'arrivée d'Irma avec son plateau de pêches au chocolat.

— Alors, vas-tu enfin t'expliquer ?

Mais Berto, sans mot dire, plongeait sa petite cuillère dans la masse molle et parfumée et la portait à sa bouche avec des grimaces de plaisir. Il nettoya l'assiette par un méticuleux travail de cuillère et de langue, et ce n'est qu'une fois qu'elle fut parfaitement propre qu'il se décida à dire ce qu'il avait en tête.

— J'ai l'impression que tu as oublié ton passé de policier, en plus de celui de cheminot, et que tes mérites ne sont pas seulement d'avoir servi la Section Approvisionnements comme un brave toutou. Tu étais bon policier, Adelmo, quelqu'un qui employait sa cervelle, qui comprenait avant de frapper.

— Mais si, ce sont justement ces années passées dans la Milice qu'on me flanque à la figure comme une honte, comme un crime, alors que je ne frappais personne, ni avant ni après.

— D'accord, une chose était la Milice du Duce et du Roi, mais à présent c'est la République, les mérites acquis à présent sont une autre chose, ils ont un autre poids. Et puis, en un an, un tas de choses ont changé, un tas de personnes. Il y a de nouvelles peurs et des gens anciens. Tu sais bien qu'on n'a épuré que les petits, et que les grosses légumes sont restées en place ; lavée avec la bonne lessive, même la chemise noire devient blanche, blanche comme neige, même. Or, tous ces types

ont une seule grande trouille : les foulards rouges
et les moustaches de Staline.

— Et alors ?

— Mais tu le fais exprès ? Te voilà donc brusquement timbré ? On a tué deux cheminots de la
même façon, en quelques jours, à quelques pâtés
de maison de distance, et je te parie mes couilles
que la police a déjà oublié l'affaire.

— Ça, je n'en sais fichtre rien...

— Crois-moi, je ne parie pas mes couilles à la
légère. Donc, rapproche les deux homicides des
cheminots, trouve un seul assassin et fais en sorte
qu'il s'agisse d'un communiste, tu le leur livres et
tu verras qu'ils te baiseront le cul et qu'ils t'implo-
reront d'entrer dans la Police des Chemins de fer.

Adelmo contemplait son assiette vide et jouait
avec la petite cuillère. Il ne savait pas quoi dire,
ne savait pas quoi penser. Vous parlez d'une théorie ! Pour s'enlever du dos toute étiquette fasciste,
devait-il s'adonner à la chasse aux communistes ?
De surcroît des assassins. Comme s'il s'agissait
forcément de la même chose. Bon d'accord, si l'on
prouve qu'un type était l'assassin, le faire passer
ensuite pour un communiste n'était pas très difficile, cela commençait à être dans l'air du temps.
Et puis peut-être avait-il été un bon policier ; bon
pour démasquer les voleurs, découvrir les escro-
queries et les escrocs, mais les homicides c'était une
autre affaire, et les rares fois où cela s'était produit, il n'avait pas fait bonne figure.

L'heure du café était venue, des digestifs, des li-
queurs amères de gentiane, des génépis et, natu-

rellement, encore des chansons. Des chansons plus traînantes, plus calmes, des chansons d'après dîner, du dimanche qui s'achève. Des histoires tragi-comiques de femmes infidèles, d'amis perdus. Les gars du Club alpin italien entonnèrent les strophes consacrées à une buraliste aux nombreux amants et aux nombreuses prétentions ; à la fin, une autre table proposa l'habituelle histoire douloureuse d'un type plaqué par son amoureuse. C'était une autre de ces chansons que tout le monde connaît, du fait même qu'elle circulait dans les bistrots de la ville depuis 1906 déjà, depuis qu'à Turin, entre le 20 et le 27 avril, s'était arrêté le Grand Cirque américain de Buffalo Bill, avec ses Indiens, ses pistoleros, ses chevaux et, chose inédite, ses Noirs, ses Maures en costumes de serviteurs.

Il suffit d'un pour donner le ton, les autres le suivirent immédiatement.

« C'était le vingt-sept avril, ma Rosina me suppliait, paie-moi au moins Buffalo Bill, et tu verras que je serai gentille. Une telle occasion ne se reproduira jamais plus, car demain il s'en va. Tonino, toi qui es si gentil, ne me refuse pas ce service... »

Triste destin des gens trop braves.

« Le soir venu je rentre à la maison, avec une faim de loup, je trouve la porte entrouverte, aucune trace de mon amour. Je descends chez le concierge, qui me dit tranquillement : "Ta Rosina est partie, et un moricaud de Buffalo Bill l'accompagnait"... »

Il y avait toujours un plaisir pervers à chanter les cornes d'autrui, comme si celles-là permettaient d'oublier les siennes.

« *Je vais voir là-haut dans la garde-robe, ma Rosina dans un baluchon a emporté toutes ses affaires. Sur la table il y avait un petit mot, c'était Rosa qui écrivait : "Pardon, pardon, mon cher Tonino, j'étais décidée à m'en aller. De Buffalo Bill, un gentil moricaud m'a fait une proposition ; ce beau petit moricaud, élégant et tiré à quatre épingles, a des sous à profusion. Pardonne-moi, Tonin, si je quitte Turin, pour que tu ne sois pas mécontent, j'ai laissé dans le tiroir, tu verras, un billet de cent..." ».*

Puis il y avait le finale, valable peut-être bien pour tous ceux qui étaient là à chanter, ignorants ou au contraire trop conscients de ce que leurs femmes étaient en train de faire.

« *C'était un vrai billet italien, je m'apprêtais à le déchirer, finalement je l'ai pris et l'ai soigneusement plié. Je suis allé au Lingotto me boire un litron, puis me taper un bon casse-croûte ; de retour à Turin j'ai bu bien plus qu'un quart, afin d'oublier l'affaire. À présent me voilà tranquille, au diable Buffalo Bill, Rosina, négrillons et* ciamporgnie[1]. *À présent voici, pour éviter tous ces ennuis, je prendrai de bonnes cuites.* »

Irma et ses serveuses commencèrent à débarrasser les tables que les clients peu à peu abandonnaient en se saluant et en se donnant rendez-vous pour d'autres repas et d'autres coups à boire.

— Je file, Berto. Demain à sept heures je dois être au chantier.

1. Femmes de mauvaise vie.

— Alors tu ne vas pas rechercher cet assassin ?

— Non.

— Bonne nuit, Adelmo.

— Bonne nuit, Berto. Et merci pour le dîner. À charge de revanche.

— À dimanche prochain.

Ils se serrèrent la main, une poignée de main qui était davantage qu'une embrassade, et, tandis qu'Adelmo sortait, Berto se resservit un petit verre de grappa.

Le vent s'était levé, celui qui venait de la vallée de Suse, un vent rafraîchissant en été, mais qui dès septembre, dans ce quartier de banlieue exposé sans abri à tous les courants d'air, devenait tourment et gel ; ce n'est pas pour rien que les Turinois appelaient cet endroit le Pôle Nord.

Le froid lui désembua le cerveau et, en marchant en direction de chez lui, il revint par la pensée aux derniers propos de Berto et à ce « Non » si sec, si décidé, si faux. Il aimait se plaindre et se faire plaindre ; en jouissant de sa propre humiliation, il caressait l'idée de s'ériger lui-même comme monument à l'injustice : un vivant reproche à la mauvaise conscience de ces messieurs. Mais, au fond, que voulait-il prouver ? Même s'il s'était promené déguenillé, les joues creusées par la faim et un carton pendu au cou avec écrit dessus « injustement épuré », ces messieurs s'en moqueraient éperdument.

Rechercher cet assassin. N'y en avait-il qu'un seul, d'abord ? Ou bien c'était là l'imagination de Berto qui associait des choses différentes, sans lien entre elles. Or, sans lien, il n'y avait même pas d'affaire, pas d'enquête, aucun mérite à en tirer ; juste deux pauvres diables assassinés. Pourtant, avant ce dîner encore, une idée dans son esprit avait commencé à associer les propos de la concierge de la via Carlo Noè, l'histoire de Giovanni Monticone et le nom, le nom seulement, de Pepe Pasquale.

VI

Turin, 17 juin 1946. Lundi

— Je ne rentrerai pas souper ce soir.

Sa mère avait eu une expression de surprise,
mais n'avait rien dit, et il avait passé la journée à
attendre l'heure d'un souper qui n'aurait pas lieu.
Il n'aimait pas trop donner raison à Berto, mais il
devait admettre que la seule idée d'entamer cette
enquête lui avait procuré un plaisir et un enthou-
siasme qu'il n'éprouvait plus depuis... depuis... il
ne s'en souvenait même pas. La journée au chantier avait passé sans l'ennui mortel de toutes celles qui l'avaient précédée, et à présent il était prêt
à s'élancer ; avec son vélo bringuebalant, ses ha-
bits de maçon, cette mine de pauvre diable, il était
prêt cependant à partir, comme cela, sans passer
chez lui, sans se changer, car il allait se faire tard,
et on ne va pas tardivement chez les gens pour les
importuner. Dès qu'il eut franchi la palissade du
chantier, il s'arrêta un instant, sortit de son sac la
coupure du journal de la veille et vérifia de nouveau le nom et l'adresse : Pepe Graziella, épouse

Berutto, via Bognanco, 5. Ce n'était pas très loin d'ici. Il remonta sur sa selle, mais arrivé sur le corso Regina il s'arrêta de nouveau, posa le vélo contre un taureau vert et fit quelque chose qui un an plus tôt lui aurait paru au-delà de toute décence. Il avait toujours pensé que ces petites fontaines en fonte peintes en vert que la municipalité disséminait le long des avenues de la ville devaient servir tout au plus à boire, avec mesure et discrétion : seuls les charretiers et la racaille pouvaient songer à s'y laver la figure ; vous n'y pensez pas, se mettre torse nu, comme cela, dans la rue, et utiliser l'eau qui sortait de ce tuyau à l'effigie du taureau[1] comme si c'était celle des bains publics. Or là, pourtant, il l'avait fait, il avait ôté sa chemise et s'était lavé le corps de la poussière et de la sueur. Il franchit la voie ferrée et entra dans le quartier Valdocco : modestie, dignité, goût au travail. Dans un documentaire de l'Institut Luce, on aurait certainement eu recours à ces trois expressions pour définir ces rangées de maisons sans autre prétention architecturale que celle de tenir debout. De ces édifices bas, là tout autour, montaient encore, dans le soir imminent, les bruits et les odeurs du travail des petits ateliers. Le battement rythmé et assourdissant du forgeron, le sifflement de la scie sur le bois, les vapeurs méphitiques des bains de chromage. Via Pesaro, il reconnut la fameuse fabrique *Luigi Martini*, où quelques années plus tôt il avait acheté cent hampes de dra-

---

1. Symbole de la ville de Turin.

peaux pour pavoiser la gare ; il vit là aussi, sous un auvent dévasté, les marques des bombes : allez savoir ce qu'il en était de M. Martini, si compassé, si austère au point de s'irriter pour le seul fait qu'un homonyme s'exhibait lors de spectacles de variétés dans la salle de bal tout près de chez lui. Au fait, sa maison, savoir si celle-là au moins était encore entière ? Adelmo longea le mur de la fabrique en tournant dans la première rue perpendiculaire : l'habitation au moins était intacte, il aurait été triste sinon pour ce brave homme qui lui avait laissé une impression de franchise et d'honnêteté comme rarement il en avait rencontré dans son travail aux Approvisionnements. Il se retourna pour continuer, mais en regardant la plaque au coin de la rue il s'avisa qu'il était déjà via Bognanco ; curieux, il croyait que ce serait dans l'îlot d'après. Au numéro cinq la porte d'entrée était ouverte et donnait immédiatement sur une cage d'escalier imitant naïvement le marbre par des rayures vernissées blanches et marron. Il monta en lisant les noms sur les portes qui apparaissaient deux par deux sur chaque palier : Angelini, Novero, Bernardi, Montà, Valfré, Berutto, nous y voilà. Sur le bouton de la sonnette, une plaque de métal brillant, où figurait le nom comme gravé en lettres serrées et hautes, sans paraphes ni fioritures, dans le plus pur style fasciste. Il sonna ; la porte s'ouvrit presque aussitôt.

— Qui êtes-vous ?

Ni le ton de la voix ni le visage de l'homme ne paraissaient exprimer beaucoup de cordialité ; ils étaient ceux de quelqu'un qu'on dérangeait dans un moment d'intimité ou de repos : voilà ce qu'indiquaient, semblait-il, les cheveux ébouriffés et le pantalon déboutonné sur le ventre proéminent, maintenu par une paire de bretelles enfilées directement par-dessus un maillot de corps qui avait connu des jours meilleurs.

— Inspecteur Baudino Adelmo, Police des Chemins de fer, dit-il en exhibant furtivement une carte de la Milice périmée depuis des années et où figurait sur le premier volet le faisceau de licteur.

— Graziella, viens voir, ça doit être encore à cause de ton crétin de frère !

Adelmo avait prévu de s'excuser pour le dérangement causé dans un moment pénible, mais il comprit que ce n'en était pas la peine. Du fond du bref couloir de ce qui devait être la chambre à coucher sortit une insignifiante petite femme d'âge moyen, décoiffée, rondelette, avec deux yeux vitreux sous des sourcils très fournis. Elle rejoignit son mari à la porte, comme pour montrer qu'il ne saurait être question d'entrer.

Adelmo ne se démonta pas.

— Désolé de vous déranger, madame, mais j'aimerais vous poser quelques questions sur votre frère.

— Encore ? Il est mort, paix à son âme, qu'est-ce que vous voulez encore savoir ?

— Quel travail faisait votre frère aux Chemins de fer ?

— Quel travail, quel travail, il avait pas bien envie de se fatiguer : il se baladait, il buvait, il se soûlait avec ses copains, puis il venait ici se faire entretenir. Maudit soit le jour où il est venu ici dans le Nord.

— N'était-il donc pas cheminot ?

— Oui, là-bas au village, il était garde-barrière ; après quoi il a démissionné, ou alors on l'a fichu dehors ; je vous l'ai dit : se fatiguer, c'était pas son métier.

— Et le village, c'était Muro Lucano ?

— Mais non, cette idée de s'installer à Muro Lucano avait été une autre lubie de Pasquale ; car nous, on a toujours habité à Buccino, et nos autres frères sont toujours là-bas. C'est là-bas, à Buccino, qu'il gardait sa barrière, pas vraiment dans le village, un peu plus loin, en allant sur Potenza.

— Cela faisait très longtemps qu'il avait déménagé de Buccino à Muro ?

— Mais non, ça doit être trois mois avant de monter à Turin, on va dire vers la fin 45. On voit bien qu'il avait eu la manie de changer de logement sans arrêt, car il est parti de Muro en laissant au propriétaire six mois de loyer d'avance, comme s'il était millionnaire. Pour finir ici clochard.

— Ici, à Turin, il avait des amis de longue date ?

— S'il en avait, il me l'a jamais dit. Je sais pas si vous l'avez compris, mais mon frère et moi on se parlait presque pas ; ça valait mieux d'ailleurs pour tout le monde.

— Inutile donc que je vous demande s'il avait des ennemis et si vous pensez que quelqu'un aurait pu avoir des raisons particulières de le tuer.

— Connaissant Pasquale, je dirais qu'il avait des ennemis dans tous les bistrots, et qu'il y en avait certainement plus d'un à avoir une forte envie de le tuer, à commencer par plusieurs de nos frères. C'était un salaud, à moitié voyou ; pour lui régler son compte, pas besoin d'une raison particulière, les normales suffisaient : un mari cocu, une fille déshonorée, une dette de jeu aux cartes ou à la pelote. La seule raison qui compte certainement pas, c'est celle qu'ont écrite vos collègues qui sont venus avant vous : crime crapuleux. Lui qui n'avait jamais deux ronds en poche !

Qu'y avait-il d'autre à demander ? Que pouvait-on apprendre de cette femme-là ?

Adelmo remercia pour les informations obtenues et salua d'un signe auquel les époux Berutto répondirent tous deux par une espèce de grognement. Il descendit deux marches, mais alors, traversé par une idée, il se retourna brusquement vers la porte qui déjà, prestement, se refermait.

— Attendez, excusez-moi encore pour une chose. N'auriez-vous pas une photo du défunt ?

La porte se rouvrit complètement et l'homme en maillot de corps se trouva de nouveau en son milieu, planté là comme une statue hargneuse. Sa femme fit quelques pas dans le couloir, fouilla dans un secrétaire bon marché, reparut sur le seuil pour tendre un morceau de carton.

— Tenez, c'est sa carte du train, dessus il y a sa photo ; comme ça vous partez et vous nous fichez la paix !

Adelmo se retrouva dans la rue, sous un ciel voilé de brumes de chaleur et rougi par un soleil disparaissant derrière les cheminées des *Grandi Motori*. Il ne savait pas s'il devait être satisfait ou déçu. Le portrait de l'homme assassiné ressemblait à celui d'un tas d'autres types qui finissaient de la sorte ; des types qui se faisaient tuer dans des crimes sans histoire, pour lesquels il ne vaut même pas la peine d'enquêter. Sa sœur l'avait bien dit : un salaud, une brute, probablement tué par une autre brute comme lui. Tu parles d'une facilité que ce serait de découvrir un tel assassin ! Un de ceux qui entrent et qui sortent de prison, et qui à l'heure qu'il est devait déjà être aux *Nuove* pour s'être fait prendre ailleurs la main dans le sac.

Toutefois, le fil ténu qu'il avait aperçu depuis le premier instant tenait bon, du moins jusqu'à ce que la preuve définitive le rompe. Sans compter que Berto avait raison : à la préfecture de police, ils avaient déjà classé l'affaire : crime crapuleux ; mais il fallait vraiment qu'ils soient timbrés pour penser qu'on puisse voler un miséreux.

Il sortit son porte-monnaie, en déversa le contenu dans la paume de sa main et le considéra avec désolation : soit un peu de pain avec des anchois au comptoir, ou l'investissement ; les deux à la fois c'était impossible.

Il opta pour l'investissement.

En quelques coups de pédale il fut via del Fortino, où l'on entendait déjà les notes qui provenaient de la guinguette ; là, sur le mur d'une maison basse était inscrit en gros caractères :

« Grand choix de vins ». Il entra et il investit ses rares pièces de monnaie dans l'achat d'une bouteille qu'il mit dans la sacoche suspendue à son cadre ; alors il remonta en selle pour aller vérifier si ce fil de pensées résisterait à la confrontation avec la première preuve concrète de son enquête.

Il laissa à sa gauche les crânes de pierre du cimetière de San Pietro in Vincoli, ou Saint-Pierre-aux-Choux, comme on disait jadis à cause des champs alentour, puis il s'engagea dans la via Cottolengo, longeant les hauts murs aveugles de l'édifice qui abritait à Turin l'horreur et la piété, la difformité des corps et la perfection de la charité. Il s'appelait Piccola Casa della Divina Provvidenza, mais depuis toujours c'était simplement le Cottolengo, du nom de son fondateur. On disait que là-dedans prêtres et bonnes sœurs soignaient des enfants à l'apparence monstrueuse, des infirmes dont la maladie avait affreusement distordu les membres, des hommes et des femmes en proie à des délires continuels : en un mot, tout ce dont le monde ne pouvait ou ne voulait pas supporter la vue. C'était peut-être pour cela que les mamans interdisaient à leurs enfants de passer dans cette rue, de peur qu'une de ces visions horribles n'apparaisse un instant aux fenêtres et ne bouleverse l'existence du malheureux qui en croiserait le regard. Elles inventaient alors des histoires pour effrayer les enfants, pour les éloigner de l'endroit ; des histoires de poudres empoisonnées jetées depuis ces fenêtres, d'hommes à tête de chien, ou avec deux têtes, ou avec la tête sur le ventre :

comme l'amour maternel savait être cruel ! Cependant, une fois dépassé le Cottolengo et traversé Porta Palazzo, Adelmo ne put s'empêcher d'éprouver un soulagement.

Il s'arrêta. Il était de nouveau là, au numéro quatre de la via Carlo Noè, de nouveau à frapper à la porte de la concierge.

— Bonsoir, madame Moretti, je voulais juste vous remercier de votre amabilité et pour les informations que vous m'avez données l'autre soir.

Tout en disant cela, Adelmo avait mis dans les mains de la gardienne la bouteille de *nebbiolo* qu'il venait d'acheter.

Isolina Moretti eut un mouvement de surprise et de satisfaction.

— C'est moi qui vous remercie, mais il ne fallait pas vous déranger. En tout cas merci, merci beaucoup, répéta la femme en retournant la bouteille entre ses mains. Vous voulez entrer ?

— Non, non, je me sauve. Je voulais juste vous demander encore un service.

— Tout ce que vous voudrez. Dites-moi.

Adelmo lui tendit la carte des Chemins de fer de Pepe Pasquale.

— Avez-vous déjà vu ce monsieur ?

La concierge entra dans sa loge et en sortit avec une paire de lunettes sur le nez. Malgré les verres, elle dut approcher beaucoup la photo de son visage ; elle la regarda attentivement et longuement, puis dit, sûre d'elle :

— C'est l'ami de ce pauvre Giovanni Monticone, celui de la basse Italie.

Le fil de l'enquête ne s'était pas rompu, ni avec lui celui de l'espérance. À présent il en était certain, les deux homicides étaient bien liés, et il valait la peine d'œuvrer pour trouver le coupable.

— Madame Isolina, les affaires de Giovanni sont toujours toutes dans sa mansarde ?

— Oui, personne n'a touché à rien. Les policiers ont donné un coup d'œil vite fait puis ont refermé et sont partis.

— Voudriez-vous ouvrir la mansarde pour moi ?

— Maintenant ?

— Oui, maintenant.

— Je vous ai dit que là-haut il n'y a plus de lumière, que M. Monticone n'avait même plus d'argent pour l'électricité. Revenez un autre soir avec une lampe à pétrole et je vous l'ouvre.

— Promis ?

— Promis.

— Bonne nuit, madame Moretti.

— Bonne nuit, monsieur… Monsieur ?

— Baudino. Adelmo Baudino.

— Bonne nuit, monsieur Baudino.

VII

Dix coups. Dix coups de marteau sur les échafaudages. L'heure du déjeuner. Adelmo ôta son
chapeau en papier, saisit son vieux sac râpé et se
dirigea presque au pas de course vers la barrière
du chantier.

Le contremaître le dévisagea, surpris et har-
gneux.

— Je reviens, je reviens, m'sieu Venanzio, soyez
tranquille, je reviens !

Malgré ces propos rassurants, ou peut-être à
cause de ceux-là, de ce ton dénué de soumission,
l'autre continua à le suivre du regard jusqu'à ce
qu'il eût franchi la palissade.

Sur le trottoir, Adelmo regarda autour de lui en
quête d'un signe de la main, comme il le faisait
plus jeune, en sortant à la fin de son service de la
gare de Porta Nuova pour déjeuner avec Mirella ;
mais ce n'était pas la main de Mirella qu'il guettait ce jour-là, depuis bien longtemps déjà il ne la
guettait plus. Il regarda encore, en direction des

arbres de l'avenue, et aperçut enfin Berto qui agitait les bras. Il le rejoignit, et tous deux s'assirent sur un banc.

— Bon, raconte-moi tout ça à nouveau, car ce matin, quand tu m'as téléphoné, je n'étais pas bien réveillé.

Avant d'aller au travail, Adelmo avait appelé son ami d'un téléphone public pour l'informer de ce qu'il avait appris la veille au soir ; puis ils s'étaient donné rendez-vous ici, à midi.

La bouche pleine de pain et de fromage, il lui parla de sa rencontre avec la sœur de Pasquale Pepe, puis de nouveau de celle avec la concierge.

— ... si tu n'as pas à courir après quelque femme mariée, ce soir, dès que je quitte le chantier, on retourne via Carlo Noè et on essaie d'en savoir un peu plus.

— Mais comment va-t-on entrer chez Monticone ?

— Hier, j'ai travaillé Mme Isolina au corps : c'est elle qui nous ouvrira. Mais il faut que tu apportes deux lampes à pétrole, car là-bas il n'y a pas de lumière.

— Ça me va. À sept heures ?

— D'accord. Alors pas de femme mariée, ce soir ?

— Pas ce soir, dit-il avec un sourire.

— Peux-tu avertir ma mère que je ne rentrerai pas souper ?

— Bien sûr. Elle va penser que tu es en train de devenir un *viveur*[1].

---

1. En français dans le texte.

— Elle pensera ce qu'elle voudra.

— À sept heures.

— À sept heures.

Et il traversa la rue pour retourner à ses échafaudages.

Les cloches de Sant'Alfonso avaient déjà sonné sept heures depuis un bout de temps lorsque Adelmo entendit le bruit sourd, rythmé et caractéristique de la moto qui arrivait. Chaque fois qu'il l'entendait, il avait un sursaut et éprouvait un mélange de peur et de haine : dans son esprit, le bruit de ce moteur était associé aux cris des S.S., aux ordres hurlés en allemand, aux rafales de mitraillette. Mais cette BMW, Berto l'avait achetée avant la guerre, lorsque le martèlement feutré de son deux-cylindres jouait encore une sorte d'hymne à la puissance germanique, quand tout était encore intact, et quand les enfants, dans leurs devoirs d'écoliers, écrivaient que Hitler était gentil et qu'il aimait l'Italie.

— En retard, comme d'habitude.

— En effet, désolé. Allez, grimpe.

Adelmo s'assit sur la selle que Berto avait fait ajouter juste au-dessus du garde-boue arrière pour emmener les filles et, comme s'il avait été une de ses nombreuses amoureuses, il dut le serrer à la taille pour ne pas tomber. Les arbres des avenues défilaient rapidement sur le côté et l'air sur son visage avait un goût de fête et de jeunesse, d'une jeunesse jamais vécue. Berto, lui, avait su la vivre, sa jeunesse, et il savait même comment la prolonger indéfiniment, mais, lui, il avait de l'argent ; ou alors ce n'était même pas cela, c'était seulement une question de caractère, le fait d'avoir la force et la désinvolture pour être jeune.

Ils arrivèrent bientôt devant la maison de la via Carlo Noè et, tandis qu'ils hissaient la moto sur sa béquille, la concierge sortit sur le seuil, comme pour les accueillir.

— Bonsoir, monsieur Baudino.

— Bonsoir, madame Moretti.

— *Ceréa madamin*[1].

Sur le visage flétri de la gardienne se peignit un sourire. Berto avait le talent inné du compliment mesuré, de la flatterie bien dosée ; il lui avait suffi de ces deux mots en dialecte pour obtenir une sympathie sans bornes : ce *ceréa*, qui distillait dans un salut toute la courtoisie turinoise, et ce *madamin*, qui, opposé tout autant à la lourdeur matronale de « madame » qu'à la légèreté de *tôta*[2], propre à une demoiselle, sonnait comme un hommage à la grâce et à la féminité de celle qui les avait perdues toutes deux depuis longtemps.

Du sac qu'il avait tenu sur le réservoir, Berto tira les deux lampes à pétrole et les montra en chemin.

— Il se peut qu'elles ne vous servent pas, car pour l'instant il fait encore bien jour, mais si vous vous attardez un peu, là-haut, dans la mansarde, on ne voit plus rien. Moi en tout cas je vous accompagne seulement là-haut, mais pour ce qui est

1. Bonsoir, chère petite dame.
2. Mademoiselle.

d'entrer je n'entrerai pas, car ça m'impressionne de voir les affaires des morts. Déjà que j'ai dû le voir mort assassiné, ce pauvre M. Giovanni.

Tout en parlant, elle avait commencé à monter l'escalier, les deux hommes derrière elle. Des portes ouvertes des cuisines émanaient des odeurs, plus que des fumets, de soupes réchauffées et de nourriture cuisinée sans soin, juste pour survivre. Le dernier palier dépassé, l'escalier donnait dans un couloir sombre, éclairé seulement dans le fond par une ampoule qui pendait du plafond, recouverte de poussière. On apercevait une porte grande ouverte et un W.-C. à la turque lequel, même vu de loin et dans la faible lueur de l'ampoule, paraissait incrusté de calcaire et de crasse. Sur les côtés, d'autres portes, très rapprochées : les portes des autres mansardes où habitaient de pauvres diables encore plus démunis que ceux d'en dessous.

— Voilà, c'est là.

Isolina Moretti s'était arrêtée près de la dernière entrée, la plus proche des toilettes. Elle montra la cloison.

— Vous voyez les taches de sang sur le mur ? Ce que c'est affreux ! Ce que c'est impressionnant !

Elle enfila la clé dans le trou de la serrure, donna un tour, pour vérifier que c'était bien la bonne, mais n'ouvrit pas.

— Mais vous, entrez donc, car vous m'avez l'air de deux personnes très bien ; puis, quand vous

aurez fini, vous refermerez tout et vous me redes-
cendrez les clés dans ma loge.

Et presque en courant, elle regagna l'escalier,
avec dans les yeux, sans doute, l'horreur ineffaça-
ble du mort assassiné.

Restés seuls, Adelmo et Berto se regardèrent
assez indécis. Commencée presque comme un
pari au restaurant, cette enquête les avait conduits
sur les lieux du crime. Quelle belle expression !
Lieux-du-crime : à la lire dans le journal, elle ré-
sonnait dans votre tête comme un seul mot au ton
technique, bureaucratique, dénué de nuances et
d'émotions. Mais être sur place, c'était différent,
poser les pieds à l'endroit même où l'on avait
tranché le foie à quelqu'un d'autre, c'était différent, être là, devant ce sang qui tachait le plâtre,
c'était tout autre chose. Or, c'était étrange, car au
maquis, là-haut, ils en avaient vu, des morts coupés en deux par les mitrailleuses allemandes ;
mais là, vraiment, c'était différent.

On entendit le déclic d'une serrure, et une porte
s'entrebâilla à l'autre bout du couloir. Quelqu'un,
caché dans la pénombre, jeta un coup d'œil rapide
sur les deux hommes, puis referma aussitôt.

Après une brève hésitation, Adelmo donna le
dernier tour de clé et poussa.

Ils furent assaillis par une odeur écœurante,
une puanteur de renfermé, de pourri, de saleté, de
draps et de matelas durablement trempés d'urine
et de vomi, de débris, de mort et de décomposi-
tion. Ils reculèrent, et l'air stagnant du couloir
leur sembla frais et pur.

— Berto, allume, je vais entrer.

À l'aide de son briquet américain, son ami alluma la mèche et tendit la lampe dans le cadre vide de la porte : l'espace étroit de la mansarde se remplit d'ombres et de reflets, mais sans une véritable clarté, tandis qu'Adelmo, se pressant un mouchoir sur le visage, avançait vers les petits rais de lumière qui révélaient la présence d'une lucarne. Il heurta quelque chose par terre, et la chambre retentit du bruit d'une bouteille qui roule, puis de celui d'une chaise qui tombe, enfin du grincement du fenestron et du battement des volets violemment ouverts. À présent on pouvait respirer, et peut-être, avec l'aide des deux lampes, voir également quelque chose. Il était facile d'embrasser l'ensemble du regard, car tout était réuni entre deux cloisons distantes de deux mètres tout au plus, et écrasé par l'inclinaison du toit, lequel, seulement en son centre, qui correspondait à la lucarne, laissait suffisamment d'espace pour se tenir debout. Plus qu'une habitation, on eût dit la tanière d'un animal. Au fond, là où le plafond s'abaissait le plus, était disposée une paillasse rembourrée dont la housse était décolorée de larges taches d'urine. Des draps crasseux et des couvertures étaient entassés par terre, à côté du grabat ; dans les derniers temps de sa vie, Monticone devait désormais en être réduit à se jeter tout habillé et ivre sur son lit défait. Disséminés partout, des litres vides, des fiasques, de grosses bouteilles et tout ce qui avait pu contenir du vin. Dans une cuvette en zinc, avec deux doigts d'eau au fond, étaient empilées quelques assiettes sales. Elles non plus ne devaient plus servir depuis long-temps, remplacées sur la table par un papier huileux rempli de croûtes de fromage et de miettes de pain.

Comment son ami Monticone en était-il arrivé là ? Un instant encore il caressa le rêve qu'il ne s'agissait pas de la même personne, qu'il ne s'agissait pas de ce garçon qui, vingt-cinq ans auparavant, portait l'insigne de cheminot comme une médaille du mérite ; mais une photo jaunie, fixée par un clou à une poutre du toit, lui ôta tout doute : c'était bien lui.

Mais pourquoi cette vie de vagabond, d'ivrogne ? Pourquoi ce trou à rat, cette cuisine faite d'un tabouret et d'un petit réchaud à alcool, ce fourneau qui noircissait les murs ?

Ils commencèrent à fouiller, surmontant leur dégoût à toucher ces objets qui semblaient ceux d'un pestiféré. Mais il n'y avait pas grand-chose à chercher : un complet sombre, élimé et rapiécé, des chemises tels des chiffons, un col amidonné, des chaussettes, des caleçons en laine, de rares couverts, une boîte d'allumettes, des bouts de chandelles dont la cire avait coulé sur la table, mais rien d'intéressant. Les bouteilles étaient toutes inexorablement vides, sans même l'espoir d'un message à l'intérieur ; pas un seul bout de papier, pas un seul document.

— Rien trouvé ?

— Rien. On ne va attraper que des puces, là-dedans.

— Quoi, tu n'aimes pas ça, jouer au policier ? C'est toi qui as pourtant insisté l'autre soir pour que je me mette à traquer les assassins communistes.

— Oui, mais je ne pensais pas que tu m'y entraînerais moi aussi. Moi, j'ai jamais été dans la Milice, j'étais mécanicien, moi, je sais pas comment on mène les enquêtes.

— Moi non plus, Berto, moi non plus. Je ne le sais plus. Sans doute faut-il vraiment ressembler à ces charognes de l'OVRA[1]. Ou peut-être suffit-il d'être plus vif, plus intelligent, plus audacieux, comme les Américains au cinéma, comme les policiers des romans...

C'est alors qu'il songea à Poe, et c'est en songeant à Poe qu'il eut l'idée de fermer la porte. Il n'aurait su dire s'il avait été guidé par le souvenir de ce livre de nouvelles à la couverture jaunâtre, ce livre qu'il avait lu adolescent et qu'il avait ensuite perdu sous les bombardements, ou par la raison manifeste que c'était là le seul endroit où ils n'avaient pas encore regardé, mais là, dans toute l'évidence d'un feuillet clair cloué sur le bois sombre de la porte, il trouva ce qu'il cherchait peut-être, du moins trouva-t-il quelque chose.

C'était une coupure de journal.

Hier soir, au n° 3 du vico Sopramuro, devant sa propre maison, a été assassiné de deux coups de couteau au ventre le cheminot Piracci Raffaele de feu Antonio. Avertie à l'aube de la découverte du

1. Police secrète du régime mussolinien.

corps, la police est arrivée sur les lieux, mais n'a pas trouvé de témoins. Piracci avait un casier judiciaire vierge.

Le journal ne disait rien de plus, ou alors l'article continuait peut-être, mais les ciseaux de celui qui avait découpé cet entrefilet avaient mutilé le texte. Aucune autre indication.

Il détacha le feuillet de la porte et le glissa dans sa poche : la perquisition était terminée. Ils refermèrent tout et regardèrent un instant encore le couloir. À la lumière de la lampe à pétrole, les murs révélaient un enchevêtrement de graffitis et de dessins obscènes qui s'intensifiait en se rapprochant des cabinets : dans l'attente, ou bien tenaillés par le besoin, les locataires des mansardes confiaient au mur leur inspiration artistique. Adelmo se souvint d'une des maximes de son père : « La muraille est le calepin de la canaille. » Ici, les canailles devaient être légion et avaient donné libre cours à toutes les variations possibles sur le thème des déjections. Berto entreprit d'examiner le plâtre tel un explorateur à la découverte des hiéroglyphes dans une pyramide égyptienne. À la lueur de sa lampe apparaissaient des images au trait et des poèmes aux rimes embrassées.

« Giorgio Abbà, cul dis-centrà ! » À l'évidence, le susnommé Abbà, dans l'esprit de ses voisins, avait quelque difficulté à viser le trou du W.-C. à la turque, et ce au grand dam de celui qui lui succédait.

« Quand tu pisses contre le mur, tu tiens à la main ton futur. » Ceci aurait pu figurer sur des maisons de village au côté de « C'est la charrue qui trace le sillon, mais c'est l'épée qui le défend », ou de « L'Italie ne fera plus aucune politique de renoncement et de lâcheté ». Et puis, inévitablement, le conseil d'hygiène personnelle formulé dans tout cabinet digne de ce nom : « Qui se nettoie le cul du doigt, puis se le met à la bouche, laissera ainsi tout propre, le mur, le cul et le doigt. »

Berto déplaça encore la lampe en quête d'autres perles de sagesse, mais Adelmo l'arrêta soudain.

— Regarde là.

Le graffiti qu'Adelmo désignait disait ceci : « ITALIA 3 MARS 1944 MA VENGEANCE POUR TOI. »

Berto sourit :

— Tu vois, lorsqu'elle en a besoin, l'Italie trouve ses patriotes.

— Non, ce type-là n'avait pas envie de rire. Tu vois ? les mots suivent le contour de la tache de sang sur le mur, ils tournent autour. Même la pire canaille ne plaisanterait pas sur le sang d'un mort assassiné, sauf...

— Sauf l'assassin ?

— Je crois que oui.

Ils restèrent silencieux, lisant encore mentalement cette phrase tracée sur le mur dans une écriture gauche et hésitante de quelqu'un qui a tout juste appris à écrire : « ITALIA 3 MARS 1944 MA VENGEANCE POUR TOI. » Enfin, ils éteignirent les lampes et descendirent l'escalier.

Parvenus devant la loge, ils frappèrent aux vitres, et après quelques instants Isolina Moretti apparut, un peu chancelante, à la porte.

— Merci pour tout, madame Isolina, dit Berto en lui rendant la clé, sans vous je ne sais pas comment nous aurions fait.

— Fait quoi ?

— Trouver l'adresse de la fiancée de Giovanni pour lui apprendre la triste nouvelle.

— Il avait une fiancée ? À quarante ans passés, et avec son allure de vagabond ?

— Oui, une fille de la basse Italie, mais c'était une histoire un peu compliquée…

— Et cette adresse, vous l'avez trouvée ?

— Oui, nous l'avertirons nous-mêmes, pauvre femme !

— Dieu vous bénisse, vous aussi étiez un ami de M. Monticone ?

— Bien sûr, dans les Chemins de fer nous sommes tous amis. Mais si vous permettez, encore un service : voudriez-vous me donner l'adresse du propriétaire ? J'aimerais lui demander la permission d'envoyer les rares affaires de Monticone à sa fiancée.

— Bien sûr, l'ingénieur Bertoldo habite au 33 de la via Villa della Regina, même si en ce moment il doit être à Naples pour son travail depuis plus d'un mois, mais essayez donc, tôt ou tard vous finirez bien par le trouver lui aussi.

— Merci beaucoup encore, madame, au revoir.

— Au revoir, fit écho Adelmo.

Ils sortirent dans la rue alors qu'il faisait déjà nuit.

— Comment t'est venue l'idée d'inventer cette histoire de fiancée ?

— C'est la première chose qui me soit passée par la tête pour justifier notre intérêt pour tout cela, et peut-être pour revenir encore.

— Et les renseignements sur le propriétaire ?

— Comme ça, on ne sait jamais.

Il était bizarre, Berto ; plus il vieillissait et plus il devenait difficile de savoir quand il plaisantait et quand il était sérieux.

— Tu me ramènes chez moi en moto ?

— Et si on allait plutôt boire quelque chose ?

— Où ?

— Chez Erminio, corso San Maurizio, qui fait aussi café-concert.

— D'accord, mais on ne rentre pas tard.

Le café-concert, quelle idée ! Turin désormais était rempli de ces cabarets où ténors et amateurs allaient se produire juste pour le plaisir, en rêvant à la scène de la Scala, mais somme toute pas mécontents des applaudissements de ces spectateurs du poulailler bon public qui écoutaient arias et romances devant des verres de gros rouge.

En deux coups secs sur la pédale du démarreur, la R 71 se mit en marche, et l'instant d'après ils étaient au café. Ils prirent une table en fond de salle, où l'air était déjà bleuâtre à cause de la fumée, et commandèrent.

— Un litre de *barbera* et quelques *tomini*[1] aux anchois... et peut-être aussi deux œufs durs...

1. Fromages frais de montagne.

— À cette heure-ci ?

— Oui, s'il vous plaît, madame, nous n'avons pas encore mangé.

— *Pes dj singher*, pire que les bohémiens, manger à une heure pareille, a-t-on jamais vu ça…

Et en marmonnant cette litanie, la vieille alla vers le comptoir pour passer à son fils, Erminio, la commande du vin.

Adelmo tira de sa poche la coupure de journal prise dans la mansarde et se mit à l'examiner.

— Tu avais bien plus raison que tu ne l'imaginais, dit-il à Berto. Non seulement la mort de Monticone et celle de Pepe étaient liées, mais elles font partie d'une liste longue va savoir de combien.

Il lut encore à voix basse l'entrefilet :

— « … a été assassiné de deux coups de couteau au ventre le cheminot Piracci Raffaele… »

— Même méthode, remarqua Berto, deux coups secs de poignard dans le ventre, et un nouveau cheminot en moins.

— Oui, mais pourquoi précisément des cheminots ? Il y a quelqu'un qui tue les cheminots, et Giovanni Monticone le savait ; il conservait cet article cloué à sa porte comme une espèce d'avertissement permanent, comme s'il s'attendait à finir lui aussi comme M. Piracci Raffaele, comme s'il avait besoin que quelque chose lui rappelle de faire attention chaque fois qu'il sortait.

— Selon toi, Monticone connaissait l'autre type assassiné comme il connaissait Pepe ?

— J'ai bien l'impression, mais comment découvrir quelque chose dans cette fichue histoire ?

L'un qui n'a pas de famille, l'autre avec sa harpie de sœur qui ne sait rien et qui ne veut rien savoir, cet autre encore dont on ne sait même pas où il est mort !

— Dans le journal, on ne donnait pas l'adresse ?

— Si, bien sûr. Vicolo Sopramuro, n° 3, mais de quelle ville ? Turin ? Milan ? Florence ? Rome ? Bari ?

— Turin, je dirais que non, chez nous je ne connais de vicoli que le vicolo Santa Maria.

— Si au moins on savait quel journal c'est, si...

À cet instant, il fut de nouveau traversé par l'idée d'une solution simple, banale, évidente : le verso de la coupure. Il avait centré toute son attention sur les quelques lignes de ce fait divers, sans même songer à retourner le papier. Ce qu'il fit donc. Rien, rien d'utile, simplement une publicité pour des médicaments qui proclamait « prostatique satisfait », et quelques millimètres d'une colonne dont les mots avaient été réduits par les ciseaux à des moignons alignés à droite : « ... age, Gigli,... cente, ouver-, Carlo,... iller,... ique. »

Berto regarda lui aussi, se concentra quelques minutes, enfin secoua la tête.

Entre-temps, Erminio avait tiré le *barbera* de la dame-jeanne installée sur le comptoir et en avait apporté un litre à la table, qu'il posa à côté de l'assiette de *tomini*.

Ils burent un premier verre, après un toast silencieux qui avait toujours la même signification : « À des jours meilleurs ! »

Sur la scène minuscule, un jeune homme aux allures d'employé municipal avait entonné un air du *Gianni Schicchi*, et les bavardages dans la salle s'étaient arrêtés. Il fit deux couacs, mais la clémence du public lui valut les applaudissements finals.

— Et l'inscription sur le mur, tu en penses quoi ? demanda Berto qui tapait encore des mains.

— Il pourrait s'agir d'une sorte de signature de l'assassin, ou alors carrément de l'accomplissement total d'une vengeance : le déshonneur en plus de la mort. Comme le faisaient les soldats du 10e ou ceux de la compagnie OP quand ils pinçaient les nôtres, ils les pendaient avec l'écriteau « Bandit » au cou, ou encore « Exemple », ou alors ils y écrivaient : « Ainsi finissent ceux qui veulent s'en prendre au 10e ».

— Les salauds.

— Mais que diable Monticone peut-il avoir fait à l'Italie le 3 mars 44 ?

— C'était au moment de la grève.

— Et alors ? Et puis, qui sait, peut-être qu'il n'était même pas là, il était peut-être avec Badoglio.

Berto s'efforça de rire, mais amèrement :

— Espérons seulement que ce type-là ne veuille pas tuer tous ceux qui ont fait grève.

— Les Allemands n'y sont pas parvenus...

Ils écoutèrent encore deux amateurs de bel canto, puis Berto paya, ils sortirent et montèrent de nouveau sur la selle de la moto.

Ils filaient à présent dans la nuit, sur la BMW

noire, tels deux gaillards rentrant du bal, la tête vide. En réalité, à eux deux ils totalisaient plus de quatre-vingt-dix ans, sans travail, sans famille : elle avait raison, la mère d'Erminio, ils étaient deux *singher*, deux bohémiens.

VIII

La mer. À présent Adelmo la voyait bien, et par la fenêtre ouverte entrait son parfum. Depuis combien d'années n'avait-il plus regardé, écouté, respiré le déferlement des vagues ? Il fit un rapide calcul : onze ans, pratiquement. C'était en août 35, avec Mirella, dans une autre vie.

Il avait passé Gênes depuis peu, les jardins de Nervi défilaient maintenant le long du train, splendides, colorés ; mais la plupart des voyageurs regardaient de l'autre côté, vers l'étendue d'azur infinie. Certains la voyaient pour la première fois, d'autres l'avaient oubliée durant l'éternité de la guerre ; les uns et les autres, en ce dimanche ensoleillé, retrouvaient, grâce aux deux cent soixante-quatre lires du voyage en troisième classe, un fragment d'enfance rempli d'étonnement et de joie. Ils descendraient bientôt : à Camogli, à Santa Margherita, à Rapallo. Ils consommeraient sur la plage leurs sandwichs à l'omelette aux herbes, peut-être achèteraient-ils de la limonade ou une eau au tamarin, et puis, quelques heures plus tard, ils prendraient le train du retour. Certains, peu en réalité, loueraient une chambre dans quelque pension bon marché, en attendant le lendemain pour rentrer chez eux, car à Turin ce lundi-là était férié.

Adelmo fut tenté lui aussi par l'idée de descendre et de s'étendre sur la plage de galets, tel quel, avec son beau costume, n'ôtant que sa chemise blanche pour rester torse nu au soleil, immobile, sans pensées et sans mémoire. Mais il n'était pas là pour s'amuser, il était là pour rassembler les morceaux de son existence, pour recouvrer la dignité qu'on lui avait arrachée, et c'était peut-être là sa dernière possibilité, une possibilité en laquelle, il y a deux jours encore, il n'aurait même pas osé espérer.

Cela s'était passé vendredi matin : l'entrepreneur l'avait fait appeler par le contremaître.

— Adelmo, descends voir, lui avait-il crié, m'sieu Pettenuzzo y veut te parler.

Il s'était arrangé rapidement, et avec une impression de malaise, s'apprêtant à subir une nouvelle humiliation, une scène devant tout le monde, comme le patron en avait l'habitude. Au contraire, M. Pettenuzzo l'avait fait monter dans sa Lancia pour quitter aussitôt le chantier.

— Toi, tu as certainement dû rendre un fier service au notaire Galimberti, lui avait-il dit. D'abord, il me demande de t'embaucher et, ce matin, il me dit que pendant quelque temps tu ne vas plus travailler pour moi et que, si je passe à son étude, je peux t'y emmener toi aussi : je vais bientôt te servir de chauffeur.

Oui, avait pensé Adelmo, ce parvenu de Pettenuzzo aurait fait n'importe quoi pour continuer à bénéficier des bonnes grâces du père de Berto, n'importe quoi pourvu qu'il ait accès, grâce à lui, aux bons salons de la bourgeoisie turinoise.

Durant tout le trajet, ils n'avaient pas échangé d'autres paroles, et ils s'étaient séparés dès leur arrivée à l'étude du notaire : Pettenuzzo dans le bureau des archives, pour parler avec le vieil employé d'actes et de cadastrage, et Adelmo dans la grande salle, où, assis à la monumentale table de noyer, l'attendaient Berto et son père.

— Bonjour, Adelmo.

La salutation avait été à la fois sobre et joviale.

— Mon fils m'a parlé de ce que vous avez découvert, et de certaines choses que vous ignorez encore. Vous savez combien je vous estime et combien je suis navré de votre épuration. Par le passé, je vous avais offert une place ici, mais j'ai toujours compris votre refus et votre fierté. À présent cependant j'aimerais beaucoup que vous acceptiez ma proposition.

Il s'était arrêté un instant, comme pour vérifier que son ton péremptoire avait été compris pour ce qu'il était : une pression amicale. Puis il avait poursuivi :

— J'ai l'intention de vous aider à mener à terme votre enquête, si l'on veut bien l'appeler ainsi.

— Je vous remercie de tout cœur, mais...

— Ne voulez-vous pas progresser ?

— Si, mais…

— Je sais, vous ne voulez pas d'aide, jamais. Disons alors que j'ai l'intention de me servir de vous. Si vous découvrez qui a tué ces personnes, vous démontrerez que vos mérites dans la Milice des Chemins de fer n'étaient pas politiques, et qu'ainsi la Commission d'épuration s'est trompée. Or, si elle s'est trompée avec vous, elle s'est trompée aussi avec mon fils. Pour vous, l'épuration signifie faim et privations ; pour ma famille, c'est une honte que ni l'argent ni le prestige ne peuvent effacer : il n'y a pas de fascistes chez les Galimberti, jamais ! Les membres de la Commission devront manger leur chapeau.

Pendant un instant il avait changé, mais ce n'avait été là qu'une ombre fugace qui avait aussitôt laissé place à son attitude habituelle.

— Et puis, dans ce pays, on nourrit trop de vengeances, d'un côté comme de l'autre. Nous avons besoin de justes, non de vengeurs : capturez le vengeur. Je prendrai à ma charge tous les frais que vous jugerez nécessaires pour savoir la vérité, et votre salaire sera…

— Il sera comme celui que me donnait M. Pettenuzzo. Le reste, ma vraie paie, c'est l'Administration ferroviaire qui me la donnera quand elle m'aura réintégré.

— On peut vraiment dire que vous ne cédez jamais. Entendu, comme vous voudrez. À présent, je vous laisse seul avec Berto, qui a quelque chose à vous dire. Bonne chance.

Il s'était levé, lui avait serré la main et était sorti, avec naturel, comme un auxiliaire magique, comme une bonne fée aux cheveux gris, aux moustaches fournies et aux lunettes cerclées d'or.

— Camogli, gare de Camogli.

L'annonce secoua Adelmo, plongé dans le souvenir de tous ces événements qui, en l'espace de quelques jours, l'avaient conduit jusque-là.

Des dizaines de portières s'ouvrirent sur les côtés des voitures et les gens sautèrent joyeusement à terre, se pressant dans les espaces entre les bancs en bois. Il y avait des dames avec de petits chapeaux de paille, des maris en bras de chemise et des gosses en culottes courtes, mais surtout des jeunes gens et des jeunes filles avec l'envie forte de mordre dans la vie. La fin de la guerre avait emporté avec elle un tas d'horreurs, non pas seulement les bombes, les Allemands et les fascistes, car de ces derniers il en restait bien trop, mais également la peur de sortir, de s'amuser, d'aimer sans tracas, de faire et de montrer ce qu'auparavant il était inconvenant même de seulement se dire. Tandis que le train repartait, il regarda sur le quai ces couples enlacés, hardis ; en cette journée de soleil, il y aurait des baisers, des caresses osées à l'abri des rochers, peut-être des moments d'amour consommés à la hâte, mais avec joie. Il lui sembla apercevoir en tout cela les signes de la nouveauté, mais quoi qu'il en soit, se dit-il, pour lui c'était trop tard.

Les tunnels commencèrent et l'obscurité le ramena mentalement à la conversation dans l'étude de Mᵉ Galimberti.

Aussitôt après la sortie du notaire, Berto et lui étaient restés sans parler, tous deux embarrassés, Berto pour avoir préparé en secret cette aide non réclamée, Adelmo à cause de son incapacité à exprimer toute la gratitude qu'il éprouvait.

— As-tu fait ce que nous avions décidé l'autre soir quand tu m'as accompagné ? demanda finalement Adelmo.

— Oui, je suis allé via Pesaro, devant chez le charretier, et je me suis mis à examiner le mur dans ses moindres détails, de l'extérieur où il est blanc même s'il est tout sale, tandis qu'à l'intérieur il est en brique et heureusement, car le patron était au portail, à me regarder de travers, sûr qu'il ne me laisserait pas entrer. Eh bien, te disais-je, j'ai bien regardé partout le mur et, presque à l'angle de la via Rovigo, j'ai vu la marque d'une main, comme de quelqu'un qui se serait appuyé d'une main toute pleine de graisse, sauf que la tache n'était pas noire comme celle de la graisse, elle tirait sur le marron foncé.

— Du sang ?

— Je crois bien que oui.

— Et à quelle hauteur était-elle ?

— À cinquante centimètres du sol, à peu près.

— Et alors, l'as-tu trouvée ?

— Oui, elle était bien là, mais la trace de la main avait recouvert le dernier mot, on ne lisait que : « ITALIA 3 MARS 1944 MA VENGEANCE POUR ».

— Et l'écriture était-elle comme celle que nous avons trouvée chez Monticone ?

— Je dirais que oui, comme celle de quelqu'un qui vient juste d'apprendre à écrire.

— Il a dû le frapper là-dehors, puis il a laissé sa signature avant de filer. Mais Pasquale Pepe n'est pas mort tout de suite : il a appuyé sa main maculée de sang sur le mur et il s'est relevé. Il a dû se traîner dans le hangar pour chercher du secours, mais alors il s'est écroulé dans le foin et il a crevé là.

Il y avait eu un nouveau silence, puis Berto avait repris.

— J'ai découvert encore autre chose. Tu sais, cette coupure de journal ? Celle qui était dans la mansarde de la via Carlo Noè. Eh bien, elle a été découpée dans le *Risorgimento*, le journal de Naples, celui qui a remplacé le *Mattino*. La date est celle du mercredi 27 février 1946.

Adelmo était franchement surpris.

— Comment as-tu fait pour découvrir cela ?

— Tu te souviens du verso de l'article ?

— Il n'y avait qu'une publicité et des mots à moitié coupés.

— Oui, mais il y en avait aussi deux entiers, « Gigli » et « Carlo », et puis un qui finissait bizarrement pour un mot italien, il finissait par « iller ».

— Et alors ?

— Et alors j'ai pensé que « Gigli » devait être le ténor Beniamino Gigli. Puis j'ai fait l'hypothèse suivante : si l'on parle de Gigli, on parle de théâtre, et donc « Carlo » pouvait être le San Carlo de Naples. J'ai donc pris un plan de Naples et, heureux hasard, j'ai trouvé le vico Sopramuro : il n'est pas loin de la Gare Centrale. Comme disent les Français : « Tout se tient. »

— Et pour la date ?

— Le troisième mot m'a été utile, celui en « iller ». San Carlo, Gigli, donc théâtre lyrique, Giuseppe Verdi, Luisa Miller. Finalement, il m'a suffi de téléphoner au San Carlo et de demander quand ils avaient mis en scène la *Luisa Miller* de Verdi. Ils m'ont répondu un peu ennuyés qu'elle n'avait jamais été à l'affiche, mais qu'on en avait beaucoup parlé fin février. Alors j'ai fait le dernier pas : j'ai appelé un avocat napolitain que mon père connaît bien, et sa secrétaire a épluché les journaux de cette période jusqu'à ce qu'elle trouve notre article. Tout est là.

Tout est là, et c'était uniquement pour cela, pour cette série d'intuitions et de déductions, qu'il se retrouvait à présent ici, dans ce train pour Naples. Était-ce une raison suffisante ? Elle n'avait pas paru l'être à sa mère :

— À ton âge, qu'est-ce que tu vas te mettre à courir le monde ? Tu ferais mieux de rester auprès de ta vieille mère qui a besoin de toi.

Cette fois il n'avait pas cédé, et avait pris ce train comme on prend de la quinine pour guérir, même s'il lui paraissait étonnant que sa guérison doive passer par ces rails, par ces lieux ; à moins que ce qu'on disait fût vrai, que le mal devait atteindre son paroxysme pour guérir alors. Cette douleur extrême, distillation de toutes les souffrances, survint juste après Sestri Levante. Il croyait l'avoir terrassée avec les années, l'avoir finalement chassée au prix d'un tourment plus grand grâce à la Commission d'épuration, mais il savait à présent qu'elle était de nouveau aux aguets dans ces tunnels, plus forte que jamais. Ceux-ci s'interrompaient par instants, et dans les yeux d'Adelmo se fixaient des images de côte et de mer, puis derechef l'obscurité et de nouvelles clartés, tantôt très courtes et tantôt plus longues, lorsque le train s'arrêtait dans les gares aménagées entre deux tunnels ou même creusées dans la roche : Monterosso, Vernazza, Corniglia, Manarola et, très bientôt, Riomaggiore. Cinq noms, cinq coups au cœur, cinq souvenirs fichés comme des aiguilles dans son esprit. C'était là qu'il avait connu ses derniers jours de bonheur, pour les congés du 15 août en 1935.

Lorsque le train s'arrêta à Riomaggiore, il revit Mirella sur le banc de la gare, la même qu'il y a onze ans, à la même place, près de l'escalier. Mirella avait pris dans ses bras un chat qui, avec ses pattes, avait maculé de traces noires sa jupe à fleurs ; et voilà qu'elle était là en train de rire, lui caressant le museau tout en essayant de se nettoyer de l'autre main. Ils l'avaient appelé le « chat-chauffeur aux pattes salies par la suie », l'avaient pris en photo, et tout au long de ces brèves vacances en avaient parlé comme d'un ami de la famille ; ils l'avaient même désigné comme témoin à leur mariage, sans savoir que sous peu ce serait le naufrage total.

Mirella avait alors vingt-six ans ; c'était une femme indépendante, cheveux à la garçonne, la jupe à peine au-dessous du genou, une femme qui faisait bien son métier de dactylo, qui avait aimé beaucoup d'hommes et qui ne s'en cachait pas. Elle avait tout ce qu'il fallait pour se faire détester par les gens bien. Un vrai plaisir, pendant ces trois jours, de la voir soutenir le regard moqueur des hôteliers qui leur remettaient les clés de deux chambres attenantes, en sachant bien que le lendemain matin ils en trouveraient une parfaitement en ordre, le lit intact. Ils s'étaient promenés le long des sentiers en à-pic sur la mer, au milieu des oliviers ; ils avaient fait des projets : une maison, des meubles, des enfants, les choses habituelles qui paraissaient donner accès à la sérénité, alors que...

Adelmo sentit sa gorge se serrer et les larmes lui brûler les yeux : il avait envie de sangloter comme un enfant.

Il voulut chasser les souvenirs en s'efforçant de reconstituer le but et les raisons de son voyage à Naples.

Raffaele Piracci avait été tué à Naples le 26 février ; à ce moment-là, Giovanni Monticone était encore dans le Sud, probablement lui aussi à Naples, étant donné qu'il s'était procuré cette coupure du *Risorgimento*. Nul doute : tous deux,

Piracci et Monticone, se connaissaient. Ou peut-être pas, peut-être que Monticone connaissait Piracci, mais non l'inverse. Qui sait, peut-être que Monticone avait tué Piracci, pourquoi pas avec la complicité de Pasquale Pepe, puis ils avaient été tués tous les deux par vengeance. Ou peut-être que Monticone n'avait même pas idée de qui était Piracci : il apprend dans le journal qu'un cheminot a été tué, il relie cela à d'autres assassinats de cheminots et conserve l'article comme pour se rappeler de rester sur ses gardes : il commence à avoir peur. Hasard, amitié, haine, complicité ? Quel lien unissait Raffaele Piracci, Giovanni Monticone et Pasquale Pepe ? Pour le découvrir, il se rendait à son tour à Naples. Mais en quoi consistait donc ce qu'il s'était mis à appeler « enquête » ? Seulement une série d'investigations tardives sur les lieux, de questions à des gens qui ne savaient rien ou qui ne voulaient pas parler. Lorsque, dans la Milice des Chemins de fer, il planquait de nuit pour prendre sur le fait ceux qui volaient dans les trains de marchandises, il enviait la hardiesse et l'ingéniosité de ceux qui traquaient les assassins, de vrais policiers ceux-là : voilà qu'il faisait ce qu'ils faisaient, mais la distance lui paraissait encore énorme. Il ne comprendrait jamais rien à cette série de morts et il retournerait faire le maçon, en subissant de surcroît les railleries de M. Pettenuzzo. Par exemple, il ne comprenait pas le sens de certains mots ; il se les répétait, les ruminait, les agitait dans sa tête sans en saisir la valeur. C'était comme si des bribes de phrases attendaient en lui pour former une thèse, pour composer un acte d'accusation : « ... Il n'avait même plus l'argent pour payer le loyer... il a pris la mansarde... le propriétaire, le fils du propriétaire, la lui laissait pour presque rien à cause d'un service que Giovanni lui avait rendu avant son retour... des trucs entre eux... le propriétaire... l'ingénieur Bertoldo... il doit être à Naples... » Non, les propos de la gardienne de la via Carlo Noè ne l'attendaient pas, lui, ils attendaient des faits, des confrontations. Ses hypothèses ne suffisaient pas pour affirmer que ce service rendu par Monticone au propriétaire avait à voir avec les crimes, il ne suffisait pas que Bertoldo soit à Naples, et cependant... c'était certainement une question de flair. De temps en temps on ressortait cette histoire de flair, de l'intuition du bon policier. Ils en avaient parlé lorsqu'ils avaient pincé Girolimoni, et le malheureux avait eu le plus grand mal à se tirer d'affaire ; ils en parlaient toujours lorsqu'on jetait quelqu'un en prison sans y regarder de plus près : cette intuition policière avait massacré bien plus d'innocents qu'Hérode et tous les gens de son espèce. Et pourtant, cette histoire de service rendu le rongeait intérieurement ; c'était comme l'engrenage de deux pièces mécaniques que l'ouvrier n'avait pas ajustées rigoureusement : on voyait bien qu'elles étaient faites l'une pour l'autre, mais on avait beau essayer, cela n'allait pas.

Il y eut encore un tunnel, le dernier ; lorsque le train en déboucha, on entendait déjà, sous les roues, les aiguillages de la gare de La Spezia : il était arrivé au terminus ; là, trois heures durant, il lui faudrait attendre le direct de Naples, celui qui venait de Milan.

La place de la gare semblait constituer le prolongement du port ou de l'arsenal : des dizaines de marins la remplissaient du blanc et bleu de leurs uniformes ; par petits groupes, leur baluchon sur l'épaule, de retour de permission, ou enlacés avec des filles. Adelmo laissa sa valise à la consigne, exhibant sa carte de cheminot que personne n'avait pensé à lui reprendre, puis il traversa la foule et descendit l'escalier menant vers les rues du centre. À part la procession des uniformes blancs le long des boulevards, rien n'indiquait ici la présence de la mer toute proche ; malgré tout, Adelmo la chercha, marchant à pas rapides, bien décidé à aller jusqu'au bout : s'il fallait qu'il souffre, qu'il souffre pour de bon, de cette souffrance qui vous anéantit, qui vous arrache les chairs.

Le vent s'était calmé, et ce n'était plus comme avant, lorsque les vagues étaient frangées d'écume, lorsqu'il y « avait mer », comme on disait par ici. Il vit au loin les établissements Oto-Melara, les chantiers navals, et, plus proches, les grues du port, enfin les plus petits môles, où accostaient les chalands et les navettes à vapeur des banliusards de Lerici et de San Terenzo, et les autres, qui allaient à Portovenere. L'un d'eux venait juste de partir : sa proue fendait en deux la surface lisse de l'eau, faisant onduler le reflet du soleil qui à présent déclinait.

Mirella riait, assise sur les bancs de poupe, comme dans un film ; rires, caresses, grimaces, petits baisers et l'entier répertoire des gestes les plus défendus dont seuls les vrais amoureux ne savent pas s'empêcher. Ils avaient mangé du poisson et bu du vin blanc dans un restaurant trop cher pour leur porte-monnaie, mais cela n'avait pas d'importance.

Mirella lui demandait :

— Quand ? Allez, quand ?

— Mais je ne sais pas. Bientôt.

— Allez, dis-moi quand. Dis-moi quand ou je boude...

— En décembre, ce n'est pas possible, car il y a l'avent, puis c'est le carnaval, et le carnaval fait du mal, on dirait une boutade. Puis c'est carême, on ne peut pas, puis Pâques...

— Ne te fiche pas de moi.

— D'accord pour le dernier dimanche de janvier ?

— Oui.

Un long baiser, sans même vérifier la présence ou non d'agents, on s'en moque après tout, on paiera l'amende comme on a payé l'addition.

Les larmes revinrent, et cette fois il pleura, le visage fixant la mer, sa pensée fixant l'automne 1935.

— Maman, on s'est décidé, Mirella et moi on se marie le dernier dimanche de janvier.

Elle n'avait rien dit. Le lendemain, elle avait eu un malaise, un peu avant que son fils ne sorte pour aller travailler. Ils avaient appelé le docteur : ne vous inquiétez pas, c'est juste un peu de fatigue.

— Il n'y connaît rien, celui-là. C'est le cœur, c'est mon cœur qui n'en peut plus. Le seul ennui, c'est que je ne verrai pas ton mariage.

À quoi s'était ajoutée la toux. Un peu de bronchite, mal de saison.

— Une pneumonie, bien plutôt, rien à voir avec la saison, j'ai bel et bien attrapé une pneumonie. Et avec un cœur dans cet état...

Le médecin lui rendait visite avec patience et lui prescrivait à chaque fois la magnésie habituelle pour digérer, ou un sirop, ou encore un cachet, mais aucun de ces maux ne l'avait plus abandonnée.

— Si au moins je n'étais pas veuve, si au moins je n'étais pas seule.

— Mais, maman, tu n'es pas seule.

— Oui, attends d'être marié, et tu verras... La journée au travail, puis ta petite femme chérie te prépare ton souper et ensuite... Et moi ici...

— Écoute, Mirella, que dirais-tu si nous décalions de quelques semaines ?

— Mais ensuite il y a le carnaval, le carême...

— Quelques semaines, deux mois tout au plus. Ce ne sera pas la fin du monde !

— J'y comptais tellement...

— Rien qu'un petit décalage. Ma mère n'en a plus pour longtemps.

Et sa gorge se serrait.

— Tu me promets que ce sera pour ce printemps ?

— Mais oui, au printemps.

Le printemps passa, entre angines, rhumatismes dans le sang, coliques, pastilles, lavements, plantes, récriminations et malaises.

— Mirella, s'il te plaît, encore un peu de temps : je ne peux pas la laisser seule dans ces conditions !

Le 15 novembre 1936, Mirella Beraudo, dactylographe, et Giorgio Gatti, instituteur, célébraient leur mariage dans l'église de Maria Ausiliatrice.

Il remonta de la mer à la gare : toucher le fond ne lui avait servi à rien.

Il reprit sa valise et son voyage pour Naples, sur le train en provenance de Milan. Il laissa derrière lui La Spezia, puis Migliarina, puis Vezzano, puis Arcola. Il était venu à Arcola en 1922, avec un train spécial rempli de secours pour ceux qui avaient tout perdu dans l'explosion de la poudrière. Arcola, Pitelli, San Terenzo : rien que des maisons détruites et des arbres brûlés, et des gens qui erraient parmi les décombres pour récupérer un portrait, une casserole ou quatre sous afin de recommencer à vivre. Ces gens avaient entendu une explosion, puis un vent de mille degrés avait tout emporté, les pierres, les meubles, les vaches des étables, les personnes de leurs habitations. Que soit maudite l'année 1922 ! Avec le recul, la guerre à peine terminée, tout de cette année-là sonnait comme un funeste présage ; mais les choses, il faut les comprendre à temps, ou au moins se les rappeler à jamais : combien de temps en conserverait-on la mémoire ? Combien de temps éviterait-on la volonté de puissance d'un nouveau camelot de foire ?

Ce fut ensuite Arcola, puis Sarzana, Luni, Apuania Carrara, puis seulement le sommeil et la nuit.

IX

Naples, 25 juin 1946. Mardi

Adelmo se sentait oppressé par la multitude de clameurs emplissant l'air et par la violence des couleurs lesquelles, jusque dans les ruelles les plus étroites et les plus sombres, étaient vives à en agresser les yeux. Le rouge des tomates dans tous leurs états, crues, au four, en conserve ; le jaune des poivrons ; le vert profond des épinards et les nuances, de l'émeraude au rubis, des salades. Le marché de Forcella faisait de la nourriture une scène dont la guerre et le marché noir avaient effacé jusqu'au souvenir.

— Eau fraîche, qui veut en boire ?

— Elles sont pleines de feu ces pastèques ! Toute la charrette a pris feu ! Vous mangez, vous buvez et vous vous lavez la figure !

Adelmo s'arrêta devant un étal qui vendait du poisson et resta fasciné devant les formes prodigieuses de ces animaux agonisants qui frétillaient de temps à autre : loups, dorades, petits anchois, épaisses darnes de thon, calamars, poulpes et seiches avec leurs tentacules retournés sur le corps. Encore vivantes dans les grandes cuvettes en zinc, moules et patelles envoyaient des signaux de bulles d'air, tandis que les escargots de mer tentaient de timides sorties de leur coquille. Mais encore le rose intense des homards et les transparences d'autres crustacés qu'il ne connaissait pas. Ravi par un tel spectacle, il demeurait sur place, bouche bée, comme un benêt.

— M'sieu, lui dit le poissonnier, vous voulez acheter toute la boutique ? Ça fait une demi-heure que vous êtes planté là, vous avez regardé la rascasse, le poulpe, les tellines, les moules : décidez-vous !

— Non merci, répondit Adelmo sans avoir compris, avant de s'éloigner de quelques pas.

— Ah, quel casse-couilles ! dit le marchand à voix basse, puis il se retourna pour répondre à une cliente qui l'interpellait depuis une fenêtre du troisième étage de la maison qui surplombait son commerce :

— M'dame, envoyez vot' panier : j'ai des anchois, qu'on dirait en argent.

D'en haut, attaché à une corde, descendit le panier que l'homme remplit d'anchois encore ruisselants.

Il poursuivit le long du vico Sopramuro et, regardant les numéros qui apparaissaient à peine visibles sur le crépi taché des maisons, il s'avisa qu'il avait à faire encore un bon bout de chemin avant d'atteindre l'endroit où avait été tué Piracci Raffaele, de feu Antonio. Il continuait à regarder avec étonnement autour de lui : il regardait les seaux d'olives en saumure, les cigarettes américaines, ces drôles de fromages blancs et ronds noyés dans l'eau ou dans le lait, les fruits mûrs et parfumés.

— Abricots ! Cerises ! Pastèques !

Ce marché lui semblait si particulier ! Des étals, oui, mais en même temps des boutiques comme des antres, obscures, sans portes ni vitrines, malgré tout séparées de l'extérieur par ce jeu de clair-obscur : dehors, sur les bancs, les marchandises ; dedans la fraîcheur et le mystère. Et puis d'autres ouvertures dans les façades, au niveau de la rue ou même un peu plus bas ; d'autres antres où l'on ne vendait ni n'achetait rien, où l'on entr'apercevait, de temps en temps, un lit, une table, la blancheur d'une cuisinière bon marché, et devant, en plein air, assises sur des chaises de paille, les femmes en train de parler, ou de crier après leurs enfants les plus petits qui couraient et jouaient. Toujours sans quitter la ruelle principale, il lorgnait les fantasmagories de draps, de chemises, de jupons et de nappes étendus dans les petites ruelles latérales, sur les cordes tirées d'une maison à l'autre le long de diagonales qui s'entrecroisaient, montant et descendant. Il avait l'impression d'une ville sens dessus dessous, où le dedans et le dehors s'étaient inversés : l'intimité des maisons gagnait la rue et devenait publique, tandis que les affaires, les véritables, semblaient commencer par des signes de connivence échangés sur les seuils et se terminer dans l'obscurité de ces grandes pièces au plafond voûté. Il ne retrouvait rien de cette réserve délicate qu'il avait apprise depuis qu'il était tout petit à Turin, de ce ne pas montrer, de ce parler à voix basse et de ces gestes mesurés ; il se sentait comme au sein de grandes retrouvailles de famille et, somme toute, pareille sensation lui plut.

Numéro cinquante-neuf, cinquante-sept, cinquante-cinq. Vico Salaiolo al Lavinaio. Magasins, zigzag de garçons à vélo. Pain campagnard. À nouveau des poulpes et des homards.

— Faites-vous une soupe de vrais petits poulpes, avec plein de poivre !

— Il y a dix minutes ils couraient encore sur les rochers ces homards !

Numéro vingt-cinq, vingt-trois, vingt et un. Ruelle de la Vieille-Verrerie.

— Adoucissez-vous le palais, bonbons !

Sept, cinq, trois. Il était arrivé : un autre lieu de crime.

L'habitation au numéro trois était étroite et haute, avec de minuscules balcons et nombre de fenêtres. La porte d'entrée, étouffée entre les étals de légumes et le café du coin, était grande ouverte sur un escalier exigu, dont on apercevait la première volée raide.

Adelmo attendit que le marchand de légumes ait fini de servir une cliente maigre aux vêtements moulants, pour lui demander :

— Pardon, sauriez-vous me dire où habitait Raffaele Piracci ?

— Non.

— On m'avait dit pourtant qu'il avait été tué devant chez lui...

— Celui qu'on a tué devant la boutique ? Eh, y avait une mer de sang, par terre. Y avait...

Une gifle sèche sur la joue du gamin interrompit le propos que celui-ci avait entamé, probablement attiré par l'accent étranger de la question, plus étranger que celui des Américains, dont les uniformes grouillaient dans Naples.

— Va me chercher les courgettes au lieu de nous les briser.

Le gosse obéit à son père et disparut dans la boutique ; Adelmo tenta de revenir à la charge.

— On m'avait dit que Raffaele Piracci habitait ici ; vous n'êtes pas au courant ?

— Mais vous êtes qui, vous, un flic ?

— Non, je suis un parent de sa cousine qui vit à Turin, hasarda-t-il sans conviction.

— C'est ça, un de ses parents, allons donc !

Il ne saisit pas exactement, mais il crut comprendre que le commerçant s'était trahi.

— Vous voyez bien que vous le connaissiez !

Pour la deuxième fois en l'espace de quelques minutes, Adelmo se fit traiter de casse-couilles, de *scassacazzo, d'ammusciatore, d'ammurbante*, mais tous ces compliments et d'autres encore restèrent dans la tête du marchand de légumes : les lui dire à voix haute lui parut trop dangereux, car on ne vient pas comme cela, tout seul, à Forcella, se renseigner sur un mort par assassinat ; ils envoient en éclaireur ce type-là avec ses airs d'idiot, mais derrière il y a un voyou, ou même la questure, dire sans dire, c'est le mieux à faire.

— Il faut aller demander à Rosa Garritano.

— Et où puis-je la trouver ?

— Elle habite là, dans cette ruelle, troisième porte. Et il indiqua du menton la ruelle qui était à côté de l'étal.

Il remercia et se dirigea vers la ruelle mais, sur le point d'y entrer, il la regarda, inquiet. Vico Gabella della Farina ; on l'avait écrit à la main, avec un peu de peinture sur un bout de planche cloué sur le mur de la maison qui faisait l'angle avec le vico Sopramuro. Elle était sombre et étroite, plus sombre, plus étroite et plus sale que toutes les précédentes. C'était comme si les maisons se compénétraient, comme si les fenêtres donnaient directement dans l'appartement d'en face.

Finalement, il se décida à avancer.

La troisième porte était ouverte, comme les autres d'ailleurs. Il allait franchir le seuil pour accéder à l'escalier.

— Qu'est-ce que vous voulez ?

Lui barrant le passage, un garçon d'une quinzaine d'années, trapu, l'air d'un enfant vieilli, et le regard impavide.

— J'aimerais parler à Rosa Garritano.

Le garçon fit un pas en avant et repoussa le visiteur au-delà de la porte, puis, levant la tête en l'air, il appela Rosa de la voix forte et un peu stridente des adolescents.

À la fenêtre apparut une femme d'une trentaine d'années, les hanches larges, les cheveux de

100

jais, de gros seins sortant presque de sa robe sombre, imprimée de fleurs.

— Qu'est-ce que tu veux, Salvatore ?

— Y a quelqu'un qui te demande.

Rosa regarda Adelmo avec des yeux interrogateurs et pleins de suspicion.

— J'aimerais parler avec vous de Raffaele Piracci...

— Ce con, ce type de merde...

Et elle rentra en refermant les volets sur elle.

— Un moment, juste un moment, s'il vous plaît !

Les volets se rouvrirent, mais juste le temps de donner un ordre sec, rendu plus dur encore par la langue italienne :

— Salvatore, ce monsieur s'est trompé de chemin, accompagne-le jusqu'à Porta Nolana.

Puis ils se fermèrent de nouveau et définitivement.

— Merci, mais je vais trouver mon chemin tout seul, dit Adelmo au garçon.

— Vous avez entendu, je dois vous accompagner : vous voulez refuser cette politesse ?

Et il le prit discrètement, mais énergiquement, par un bras.

Ensemble ils rejoignirent le vico Sopramuro et là ils tournèrent à gauche, accompagnés par de fugaces regards curieux.

— Celui-là n'a pas une tête d'idiot, se dit le marchand de légumes en le regardant passer de la sorte, il est vraiment idiot.

En un instant ils furent via Nolana, bientôt à la Porte, et ce n'est qu'une fois l'arc passé, qui s'ouvrait sous le bastion muni de tours, que le garçon se décida à lâcher le bras de l'intrus et à retourner sur ses pas.

Adelmo était en nage, et ce non pas seulement à cause de la chaleur. Il comprit que retourner en arrière et insister serait inutile non moins que dangereux et, commençant à s'orienter, il poursuivit vers la gare, ressentant la défaite dans la fatigue de ses membres.

Il n'avait pas fait quelques mètres, qu'un autre garçonnet, plus jeune que celui qui rendait des services à Rosa, l'avait rejoint et tiré par la manche : il avait dans la main un petit billet plié en deux, sale et gras. Il le lui donna et s'enfuit.

Il l'ouvrit. C'était écrit au crayon, en majuscules, d'un tracé vraiment peu assuré : « SI VOUS VOULEZ DES RENSEIGNEMENTS SUR PIRACCI RAFFAELE SOYEZ DEMAIN À DIX HEURES DU SOIR VIA DELLA GIUDECCA VECCHIA À L'ANGLE DU VICO DELLA PACE. SEUL. »

Voulait-il vraiment des renseignements sur Piracci Raffaele, de feu Antonio ? Sur Pepe Pasquale, de feu Ciro ? Sur Monticone Giovanni, de feu Giacomo ? Sur tous ces morts assassinés et sur leur assassin ?

Les propos du père de Berto résonnèrent à ses oreilles :

— Ne voulez-vous pas progresser ?

Si, il voulait progresser, car il n'y avait rien de mieux à faire pour quelqu'un comme lui ; et le notaire Galimberti le savait bien. Pour Berto, c'était différent, et de fait il était resté chez lui.

— Je ne peux pas t'accompagner à Naples, lui avait-il dit. Mon père doit s'occuper d'une grosse affaire d'héritage et dans deux jours vont arriver les héritiers de Lyon : il a besoin de moi car je parle bien français. Et puis il y a des choses à découvrir ici aussi à Turin, par exemple il faut comprendre ce que fait à Naples le propriétaire de Monticone, où il loge, avec qui il fait des affaires...

Or, tout cela, en partie du moins, il l'avait découvert avant même le départ d'Adelmo.

— J'ai fait appeler le bureau de Bertoldo par un employé des Finances, un ami de la famille : en deux minutes, pas plus, en deux minutes ils ont su lui dire où il dormait, où il mangeait, quand on pouvait le joindre. Ah, les Finances ! Ainsi j'ai changé ta réservation et je t'ai pris une chambre dans le même hôtel que Bertoldo, et même ce devrait être juste celle qui est mitoyenne de la sienne. Dommage, au *Britannique* tu aurais eu une meilleure vue, mais celui-ci est proche de la gare, et puis c'en est un de grand luxe.

C'étaient là les dernières choses que Berto lui avait dites, peu avant qu'il ne prenne le train, avec sa valise pleine de vêtements de son ami, suffisamment élégants pour justifier sa présence dans cet hôtel de la piazza Garibaldi.

Ah oui, l'hôtel. Il regarda l'heure : onze heures. Était ce déjà le moment d'aller reconnaître Bertoldo ? Peut-être bien.

En moins de dix minutes à pas rapides, il fut dans le hall, prêt à mettre en œuvre le misérable expédient imaginé pendant la nuit ; tout ce que sa médiocrité de menteur était parvenue à concevoir.

— La 518, s'il vous plaît.

— Voilà, monsieur Baudino, dit le portier en lui remettant la clé.

— J'aimerais vous demander aussi un service.

— À votre disposition.

— Voudriez-vous dire aux occupants de la 516 que j'aimerais les rencontrer pour m'excuser personnellement du dérangement que je leur ai causé cette nuit ?

L'homme le regarda avec l'expression de qui attend des explications supplémentaires.

— Malheureusement, cette nuit en me levant j'ai fait tomber l'abat-jour de la table de chevet ; il a heurté le mur avec grand fracas et je crains de n'avoir réveillé ceux qui dormaient dans la chambre voisine.

— Ah, d'accord, mais soyez sans inquiétude, la chambre était vide la nuit dernière, le client qui l'occupe était à Salerne pour son travail, il rentre ce soir, mais tard, très tard.

Magnifique, un résultat digne d'un truc idiot pareil ; à présent, pour savoir à quoi Bertoldo ressemblait, il devait se mettre à l'affût et guetter depuis sa porte, mais ceci plus tard, très tard. Que faire alors du reste de la journée ? de tout ce temps à passer avant d'entendre la clé pénétrer dans la porte voisine de la sienne ? Naples ; il verrait Naples, il flânerait mains dans les poches dans les rues de la ville, regardant autour de lui, sans rien faire tandis que les autres travaillaient, il jouerait, comme on disait, les touristes.

Il se rafraîchit dans sa chambre, changea de chemise et redescendit rapidement. Il remit la clé au *concierge* et lui demanda un plan de la ville ; puis il sortit et prit la direction du centre.

En premier lieu, il se rendit via della Giudecca Vecchia, à l'angle du vico della Pace, le lieu fixé pour le rendez-vous du lendemain soir : il n'avait pas encore décidé s'il se présenterait ou non, s'il irait jusqu'au bout ou s'il renoncerait, mais une première reconnaissance pouvait lui être utile pour voir dans quels coins il pourrait tomber dans un piège.

Dans tous, partout le guet-apens était possible : escaliers, cours, recoins, ruelles, le réseau de rues tout autour semblait fait exprès pour les embuscades. Dans la rue, l'animation habituelle : des femmes criant, des carrioles, des bicyclettes, quelques automobiles qui passaient en klaxonnant ; mais comment serait-ce le soir ? Et si celui qu'il attendait ne venait pas tout de suite ? S'il attendait l'obscurité, la vraie, la nuit noire ? Mais qui attendait-il, d'ailleurs ? Son aide ou son bourreau ? Mieux valait ne pas y penser, mieux valait passer outre. Et passant outre il se trouva sur l'axe de Spaccanapoli.

Mais comment fait-on pour jouer les touristes ? Jouer les touristes est tout un art, il faut être né ainsi ; être anglais, ou du moins riche, depuis des générations. Il déambulait dans les rues sans but

et sans le courage de regarder à fond les choses
alentour. Il se sentait morbidement curieux à
épier la vie de ces gens qui se démenaient alentour pour survivre, alors que lui pouvait se permettre simplement de flâner. Il lui semblait que
son regard violait l'intimité des quartiers qui se
présentaient sur son chemin, et il le déplaçait discrètement, juste pour recueillir çà et là les images
les plus fortes.

Ce qui le frappait le plus, c'était la splendeur
perdue de certains palais grandioses, noyés parmi
les habitations des pauvres gens ou même parmi
les bicoques et les ruines qui portaient les traces
de la guerre. Ces palais avaient des entrées avec
des voûtes qui rappelaient des nefs de cathédrales
et des portails immenses, sculptés par des mains
d'artistes et creusés par le travail incessant des
vers, qui n'avaient plus été fermés depuis allez savoir quand, les gonds avaient rouillé au point de
se souder. Et ils avaient des escaliers incroyables.
Les volées, courbées en arches molles, étaient des
voiles de galions, les paliers des hunes et les ba-
lustrades des vergues et des antennes. Il n'avait
jamais vu des escaliers aussi élégants et aériens
que ceux qui s'élevaient derrière les galeries au
fond des cours. Via San Biagio dei Librai, San Ni-
cola a Nilo, via dei Tribunali, le Mont-de-Piété ;
oubliée la pudeur du début, il ne délaissa aucun
de ces escaliers, certes pas les plus somptueux,
bien que négligés et sales, mais non moins les plus
modestes, ceux qui montaient à l'étroit entre de
longs balcons chargés de linge étendu, sans doute

au fond de couloirs comme des galeries de taupes, mais qui ne renonçaient pas à la délicatesse de ces formes courbes et à ce désir d'être des voiles, sinon de galions, du moins de caravelles.

Entièrement saisi par cette singulière fièvre architecturale, tout à son nouveau rôle de touriste, Adelmo ne s'aperçut pas des besoins de son estomac jusqu'à ce que le fumet qui sortait d'une des boutiques de la via dei Tribunali ne lui chatouille les narines. C'était une bonne odeur de cuisson au four, non pas du pain, mais quelque chose de semblable ; et le four se voyait bien, car l'échoppe, sous l'enseigne « Friterie », était complètement ouverte sur la rue.

— Eh, m'sieu, mangez donc une belle pizza, car midi est passé depuis un bon moment.

Sans savoir s'il avait tort ou raison, Adelmo entendit cela comme une invitation à entrer et il s'installa dans la salle que le garçon lui montrait.

Il y avait du marbre aux murs, on se serait cru dans une boucherie, les tables aussi étaient en marbre, entre le blanc et le gris ; sans mettre de nappe, le garçon y déposa les couverts et un verre, épais et encore ruisselant du rinçage.

— Que désirez-vous ?

Adelmo Baudino indiqua sans parler l'assiette d'un client tout proche, où trônait fumant quelque chose dont lui, Turinois voyageant peu, n'était pas certain que ce soit là ce dont lui avaient parlé les collègues d'autrefois et les jeunes du Sud venus faire leur service militaire dans sa région.

— Ah, vous voulez une pizza ! Et à boire, que voulez-vous ? Un vin blanc du Vésuve ?

— Oui, merci.

L'unité italienne était faite, pour lui aussi. Il but à l'Unité gastronomique avec le vin blanc et frais versé du pichet.

De la pizza qui arrivait, il perçut tout d'abord le tintement de l'assiette posée prestement sur le marbre, puis la vapeur odorante qui montait de l'assiette vers lui. Il regarda autour de lui, indécis sur la façon de l'attaquer, et opta pour une procédure ordinaire : couteau et fourchette. Lorsque la lame incisa la première tranche, il comprit que la pizza avait deux âmes : une molle et juteuse au centre, l'autre sèche et croquante sur le bord. On la lui avait décrite comme une fougasse, mais c'était là une évocation bien vague, et le goût le lui confirma : cela ne ressemblait à rien de ce qu'il avait mangé auparavant. Elle était chaude, brûlante, mais la cuisson n'avait pas détérioré les goûts, n'avait pas desséché la fraîcheur de la tomate, ni l'onctuosité de la mozzarella ; les saveurs étaient amalgamées, mais distinctes : la douceur de la sauce tomate, le côté légèrement salé du fromage comme de la pâte et l'incomparable parfum du basilic.

Il décréta que jouer les touristes, c'était bien agréable.

Il sortit quand le pichet fut vidé, et les effets du vin commencèrent à se faire sentir.

Il marcha tout droit suivant la via San Biagio dei Librai, aussi droit que ses jambes pouvaient le lui permettre ; il contempla la série de destructions, grandeur et misère, Santa Chiara, le Gesù Nuovo. Il marcha encore ; il vit tourbillonner dans sa tête la foule de la via Toledo, les Américains des navires du port, les Marocains des camps de Bagnoli, et sur la piazza del Plebiscito il s'effondra sur le siège d'un taxi :

— Hôtel *Cavour*, s'il vous plaît.

X

Naples, 26 juin 1946. Mercredi

Imbécile, présomptueux, naïf, oui naïf, lui précisément qui croyait ne pas savoir ce qu'était la naïveté, lui qui n'avait jamais rêvé plus qu'il n'était permis à un rond-de-cuir turinois, c'est-à-dire rien. Stupide idiot à se laisser entraîner dans ce vain jeu de société, alors qu'il aurait dû être au chantier en train de gâcher du mortier pour les constructions de M. Pettenuzzo. Il avait été utilisé par Berto et son père, il s'était laissé instiller l'illusion de retrouver un travail sans humiliations, de retrouver un honneur qu'il n'avait peut-être jamais possédé. En réalité, ils l'avaient utilisé dans leur intérêt, pour une de ces opérations que nul ne pouvait comprendre en dehors du cercle des personnes d'importance. Ils voulaient faire en sorte de ruiner l'ingénieur Bertoldo, et c'est lui qu'ils avaient envoyé pour l'espionner, pour en découvrir le côté pourri et en faire alors état ; certes, la récompense serait de quelques billets de mille, peut-être même nombreux, et ensuite l'attestation d'emploi, tout autre chose que la réintégration. N'était-ce donc pas Berto qui l'avait poussé dans cette entreprise ? N'était-ce pas lui qui avait mis pour la première fois l'ingénieur en cause ? Mais si, quand ils avaient parlé avec la concierge de la via Carlo Noè. Mais oui, c'était clair, Berto savait, le notaire Galimberti savait ; ils savaient que Bertoldo menait des trafics louches ici à Naples, et ils voulaient le coincer, peut-être pour le compte d'un client de l'étude. Ou bien encore, peut-être y trempaient-ils eux aussi, et Bertoldo essayait-il de les rouler. Quel crétin il avait fait, quel nigaud : il avait même cru à cette histoire des déductions de Berto à partir de la coupure de journal ; le San Carlo, Beniamino Gigli, *Luisa Miller*, Naples, seul un crétin comme lui pouvait tomber dans le panneau !

Balengo, garula, 'ncuti, cutu, gadan, babeta...

Il continua un bon moment à s'insulter mentalement en piémontais, avec l'impression que sa langue maternelle lui offrait plus que toute autre des variations sur le thème de l'imbécillité et de la crédulité. Assis sur une bitte d'amarrage du môle Beverello, il regardait les bateaux qui partaient pour Capri ; dans leur sillage d'écume il fut tenté à plusieurs reprises de jeter son calepin où il avait noté la conversation que ses oreilles avaient volée ce matin dans le hall de l'hôtel *Cavour*. Il avait écouté cette conversation, l'avait sténographiée, grâce à cette sténographie nationale Meschini apprise aux cours du soir qui lui avait valu dans le passé une petite promotion, et enfin l'avait transcrite, relue et relue encore et encore, jusqu'à se convaincre que, maintenant qu'il avait tout compris, pour sa part il n'avait plus rien à faire.

Il regarda encore une fois ces feuillets réglés, couverts de son écriture minuscule et légèrement penchée à droite, sans fioritures, mais non dépourvue d'élégance. La première page commençait par trois lettres majuscules qui désignaient les trois acteurs de la pièce : B, T et O.

B, c'était l'ingénieur Bertoldo. Adelmo s'était posté derrière la porte de sa chambre dès l'aube afin de suivre son voisin, mais ce dernier ne s'était pas levé avant neuf heures, il avait pris son petit déjeuner et enfin s'était assis sur l'un des divans du hall avec l'air d'attendre quelqu'un. Or, Adelmo était toujours derrière : faire les mêmes gestes que l'autre était le meilleur moyen de ne pas se faire remarquer, puisque dans les hôtels tout le monde fait les mêmes choses. Ainsi, il s'était finalement assis dans un fauteuil qui tournait le dos à Bertoldo, feignant de lire un journal, comme dans la plus pure tradition.

T était arrivé peu après ; T signifiait type : en sueur, gras, presque chauve, avec des pattes longues, des favoris. Peut-être aurait-il pu s'appeler C, étant donné que l'ingénieur s'adressait à lui en lui donnant du *cavaliere*, mais le T avait été tracé sur le feuillet dès que l'homme s'était approché, et il n'était pas utile de changer d'abréviation.

L'officier américain était arrivé le dernier, mais seulement peu de temps après T. Sur le visage, dans la voix et dans les gestes de O, il n'y avait rien de martial et, sans son uniforme, on eût dit un de ces innombrables oncles d'Amérique rentrés au pays avec une modeste fortune. Et, effectivement, il devait être d'origine italienne, peut-être même bien napolitaine, car dans sa voix on entendait des intonations méridionales, mais assourdies par cette grossièreté américaine qu'il ne parvenait absolument pas à aimer et qui était bien éloignée de la correction anglaise de Radio Londres, aux tons doux mais colorés des discours en langue anglo-parthénopéenne du colonel Stevens, le colonel Bonsoir. Un instant il s'était laissé aller au souvenir de ces écoutes furtives qui, à des milliers de kilomètres de distance, décrivait l'Italie mieux que les journalistes qui la voyaient de leurs yeux.

— Deux mois ferme et mille lires d'amende avec sursis, rappelait souvent le colonel Bonsoir, tel est le prix, pour chaque citoyen italien au casier judiciaire vierge, de l'abonnement aux transmissions de Radio Londres, outre la redevance annuelle de l'EIAR et la confiscation éventuelle de l'appareil, si ce dernier appartient à notre auditeur.

Malgré tout, dans chaque grand immeuble citadin, à une heure donnée du jour ou du soir, il y avait au moins une radio qui parlait à voix basse, comme un chuchotement. C'était l'heure de Radio Londres : le chef d'immeuble ne devait pas le savoir, même s'il était peut-être lui aussi à l'écoute. On envoyait les enfants au lit, pour qu'ils ne parlent pas le lendemain à l'école, car il s'en trouvait toujours un pour moucharder au maître, et le maître ensuite mouchardait au délégué du secteur. Si un visiteur frappait à la porte, la radio était brusquement éteinte. Parfois on éteignait même la lumière, comme si l'obscurité pouvait atténuer le son ; on écoutait au casque ; on employait des antennes portatives qu'on orientait afin d'améliorer la réception et d'éliminer les bruyantes interférences des stations fascistes ; et quand on pouvait écouter parfaitement le signal, c'était un vrai triomphe.

Des souvenirs très proches, et pourtant apparemment si lointains.

Les trois hommes s'étaient installés au petit salon et avaient pris un café qui embaumait l'air ambiant. Baudino était resté à l'écoute sans être remarqué ; le journal plié sur les genoux, tandis que sa main dissimulée dessous sténographiait des propos saisis au vol qui devenaient sur le papier une espèce de scénario de théâtre.

B. — Je pense qu'à présent il n'y a plus d'obstacles ; personne ne nous dira plus rien.

T. — Ah ça, capitaine, peut-être bien que vous ne vous rappelez plus comment ça marche, ici, en Italie, mais demandez à votre père, il vous le dira certainement : ici, en Italie, il faut arroser, et parfois arroser ne suffit pas. Vous pouvez faire réfléchir ceux qui ont la tête pour ça, et d'ordinaire ceux-là sont haut placés ; et puis parmi les ouvriers il y a des têtus qui croient savoir, qui croient pouvoir faire et qui vous mettent des bâtons dans les roues.

114

B. — En tout cas, tout est bien qui finit bien, et désormais tout est vraiment fini. Les documents sortis de l'atelier de Pietrarsa...

O. — Sortis d'où ça ?

T. — Pietrarsa, tout près d'ici, San Giovanni a Teduccio, il y a les ateliers de réparations ferroviaires.

B. — Les documents sortis de l'atelier de Pietrarsa sont finalement comme nous les voulions et nous avons fait en sorte que même les autres actes des Chemins de fer confirment notre version : selon les nouveaux papiers, dans ce département ont été détruits seulement cent vingt-cinq voitures et quatre-vingt-dix-sept wagons de marchandises.

O. — Et alors, on n'a pas besoin de trains, mais de bus et de... de...

T. — De camions et de pullmans. Vous voyez que ça marche ! Nous ne voulons pas de matériel ferroviaire, donnez-nous des bus, donnez-nous des camions, c'est ce que nous dirons à ceux de l'UNRRA.

O. — Pas compris...

B. — United Nations Relief Rehabilitation Administration, iou enn err...

O. — D'accord, maintenant j'ai compris. Et des bus et des camions, ma compagnie les vend au gouvernement, elle les vend à l'UNRRA, et puis elle les vend ici en Italie, et quand elle les vend ici en Italie, elle se souvient de ceux qui ont dit qu'il n'y a pas besoin de trains mais de bus.

L'officier avait conclu en riant, et Adelmo, au bas du dialogue, avait noté « Rires » ; puis Bertoldo avait proposé un toast et les trois hommes avaient rejoint le bar : les suivre aurait été culotté et sans doute inutile.

Inutile comme tout ce qu'il avait fait jusque-là, car maintenant le jeu devait nécessairement passer dans d'autres mains : il ne pouvait pas songer à continuer son enquête dans une affaire de corruption qui concernait les Américains ! Dans cette affaire, on traitait les ouvriers de manière expéditive : hors circuit Piracci Raffaele, qui mettait des bâtons dans les roues, hors circuit ensuite Pepe Pasquale et Giovanni Monticone, qui avaient probablement effectué la première partie de la sale besogne. Il suffisait d'une erreur, d'une action trop visible, et voilà Adelmo Baudino hors circuit à son tour. Et pour quoi donc ? Pour faire plaisir à son ami ? Son ami : un fanfaron comme tous les autres, lui et son honnête homme de père, le notaire.

L'Italie avait vraiment besoin de reconstruire son chemin de fer, elle avait besoin de voitures de passagers, de wagons de marchandises, de locomotives, de pièces de rechange, mais ce n'est pas lui qui sauverait le destin du réseau ferré ex-royal, qu'on s'enlève cette idée de la tête : lui, il était un homme de rien.

Un homme de rien. Il se le répétait, jusqu'à la nausée, mais en attendant il était là. L'homme de rien aurait voulu rentrer à l'hôtel, flanquer dans la valise ces quatre vêtements qui n'étaient pas à lui, faire quelques pas et prendre le premier train pour Turin. Mais non. Au fond du cœur de l'homme de rien, dans son estomac peut-être, dans ses tripes ou dans ses couilles molles se nichait un reste d'orgueil. Ou peut-être... peut-être était-ce seulement l'envie de se détruire qui lui faisait attendre ce mystérieux rendez-vous de dix heures via della Giudecca Vecchia. Il attendait quelqu'un qui le ferait perdre une fois de plus, la dernière. Il avait perdu une fiancée, une guerre, un travail, un ami, et cette seule guerre qu'il avait gagnée, celle de Partisans, il l'avait menée pour une Italie qui n'existait plus. Mais c'est sûr, on allait venir le matraquer dans l'obscurité de la ruelle, lui planter une lame entre les omoplates, lui mettre une balle dans la tête.

C'est avec cet état d'esprit qu'il erra entre le port, les jardins et la piazza del Plebiscito en attendant que s'écoule la journée, et dans ce même esprit, à dix heures, il retourna par la via Forcella à la via della Giudecca Vecchia.

Obscurité. Obscurité épaisse interrompue par la modeste lueur jaunâtre de petites portes ouvertes sur la rue, l'une après l'autre, à la file : à chaque lumière un escalier, à chaque escalier deux chaises, et sur les chaises de lourdes femmes à la beauté perdue, même plus bonnes pour les bordels de troisième catégorie et vouées à leur destin d'irrégulières.

Il marcha, au milieu d'appels plus ou moins sonores, au milieu du racolage, selon le code pénal.

À la troisième maison, une femme se leva pour venir à sa rencontre : sur le coussin où reposaient auparavant ses fesses larges, Adelmo vit un pistolet.

— Je cherche le vico della Pace.

— Là, dit-elle en s'accompagnant d'un signe du menton, puis elle se rassit, agacée.

De voir Adelmo attendre son mystérieux interlocuteur, on ne pouvait que rire : raide comme au garde-à-vous, près du mur mais sans s'y appuyer, le regard planté dans le cœur de la nuit.

Il tenait cette pose ridicule depuis un quart d'heure lorsqu'il sentit qu'on tirait son veston et entendit une voix venir du bas, comme provenant du tas d'ordures près de lui.

— M'sieu, venez avec moi.

C'était le même garçonnet qui, la veille, au-delà de Porta Nolana, lui avait remis le billet.

Adelmo le suivit.

Une ruelle, puis une autre, des escaliers, des odeurs, des dialogues animés aux fenêtres, des vagissements. De son accompagnateur il ne voyait que le blanc du maillot à quelques pas devant lui. Encore des ruelles, une obscurité dense comme l'encre grasse des tampons, déchirée par les lumières spectrales d'ampoules allumées devant crucifix, madones et statues de saints.

Soudain la tache claire du maillot qu'il suivait s'arrêta et parut s'engouffrer sous terre.

— Où es-tu ? Qu'est-ce qui se passe ?

— Venez.

— Où ?

— Là.

— Où ?

— Dans la *saettella*.

À tâtons, Adelmo repéra, en se penchant, ce qui pouvait être une bouche d'égout, ou une trappe, ou un puits. L'enfant y avait déjà disparu, lui avait encore le temps de s'en aller ; il pouvait s'enfuir. Mais il y descendit. Il se retint par les mains au bord, se suspendant dans le vide, puis, toujours à tâtons, il trouva des marches creusées dans la roche. Ce n'était guère plus que des trous, mais il parvint à y engager un pied après l'autre, puis les mains, tandis que son dos raclait le mur en pierre.

Les marches cessèrent et ses pieds, après un petit saut, rencontrèrent une surface plane. Il bougea les bras et comprit que cette espèce de cheminée par laquelle il était descendu s'ouvrait sur un espace plus large. À cet instant, une flamme se mit à briller, une autre tout près, lesquelles devinrent bientôt plus grandes et plus sûres. Le gamin avait allumé deux lampes à pétrole et lui en tendait une. Il la prit et la leva ; dans le cercle du halo de lumière qui en naissait, il découvrit deux parois de tuf, les autres restant noyées dans l'obscurité, tout comme le plafond. La pierre tendre portait les marques des outils qui à petits coups l'avaient creusée allez savoir depuis combien de siècles. Il comprit qu'il se trouvait dans le ventre de Naples, dans le sous-sol.

— Par ici.

Comme auparavant, l'enfant ouvrit la voie et lui suivit. Ils quittèrent la salle pour entrer dans une galerie au plafond bas qui obligeait Adelmo à avancer courbé. Mon Dieu, où allait-il ? Il avait craint un guet-apens, un traquenard, et voilà qu'il se fourrait tout seul dans le piège, qu'il allait s'enterrer de lui-même. Peut-être était-ce bien ce qu'il souhaitait.

La galerie s'élargit en une salle de forme irrégulière, puis se rétrécit de nouveau pour devenir un boyau. À une bifurcation, l'enfant prit à droite ; nouvel embranchement, encore à droite, puis à gauche. Mais quel gourdin, quelle lame, quel pistolet ; il suffisait que l'enfant éteigne sa lampe et disparaisse, le laissant là crever sous terre, perdu dans le dédale de ces galeries.

Encore une salle, avec une sorte de banc tout autour, lui aussi creusé dans la roche ; mais allez savoir ce que c'était. Il s'arrêta un instant pour reprendre son souffle, car l'humidité et le froid commençaient à lui pénétrer les poumons. Sur l'un des murs il vit gravée l'inscription « LONDRES », et au-dessus le dessin d'un poing serré qui l'écrasait. Les Anglais étaient magnifiques lorsqu'ils parlaient de liberté à la radio, mais quand leurs avions chargés de bombes survolaient les villes, ils devenaient des ennemis, pas autre chose que des ennemis. Plus loin, une autre inscription, tracée à l'évidence à l'aide d'un morceau de charbon de bois : « PAPA SAUVE-MOI. »

Son guide continuait sans parler, rapide dans ces galeries et ces boyaux, de salle en salle, d'antre en antre. Se succédaient des couloirs étroits et très hauts et des galeries basses comme des tanières de taupes, des espaces vides et d'autres encombrés de matelas, de rideaux déchirés, de jouets ; petites répliques chtoniennes d'un monde normal et pacifique. Encore des salles et des passages, pierre et détritus, mousquets, casques allemands, trophées des jours de la révolte, et un uniforme de l'armée italienne abandonné là par un soldat que le 8 septembre avait trouvé désormais fatigué par la guerre.

Et maintenant où allait le gamin ? Il s'était faufilé dans un trou qu'on ne pouvait pas appeler couloir ; ce n'était guère plus qu'une fente dans la paroi de tuf, une fissure qui l'avait avalé et qui ne restituait de la lampe qu'une faible lueur, apparemment lointaine. Était-ce le moment de s'éclipser ? Laisser tout tomber et tenter de sortir du labyrinthe, au moins tant qu'il pouvait le faire de ses propres jambes ?

— Attends-moi.

Silence.

— Attends-moi.

Bruit de pas, légers, puis la lumière recommença à briller vaguement sur les parois de la fente.

— J'suis là, venez.

Adelmo entra dans la fente et avança de biais ; sur le dos et le ventre il sentait le froid de la roche mouillée, et par moments ses pieds restaient coincés, tant cette veine creusée dans le corps solide du tuf était étroite. Il essaya de regarder vers le haut ; il ne vit rien, aucun signe qui marque la limite supérieure de cette crevasse qui du cœur de Naples conduisait droit en enfer.

La lumière du gamin le précédait d'une dizaine de mètres, mais par instants disparaissait subitement là où la galerie tournait. Elle disparut et réapparut plusieurs fois ; le chemin semblait sans fin. Elle disparut, réapparut, disparut et tout d'un coup, juste devant lui, ou plutôt au-dessous, là où il aurait dû y avoir encore de la roche et rien d'autre que de la roche, Adelmo vit une autre lumière. Il tendit sa main libre ; effectivement, la roche qui il y a un instant encore lui avait effleuré le ventre, à présent n'était plus là. Il déplaça également la main qui tenait la lampe, et la lumière face à lui bougea. Un jeu de miroirs. Inutile de s'en demander la raison : il n'y avait rien de rationnel dans sa présence en ces lieux, pourquoi aurait-il dû raisonner dans ces mêmes lieux ?

Il prit courage : il fallait explorer, toucher le miroir posé à ses pieds, au diable le reste.

Il bougea de nouveau sa lampe, le reflet bougea en même temps. Puis brusquement une seconde lumière à côté de la première. Il fit un pas en avant, mais il se sentit attrapé par la ceinture : il s'arrêta pétrifié.

— M'sieu, vous voulez vous noyer ?

Le petit garçon, qui était revenu sur ses pas le chercher, ramassa par terre un caillou et le lança vers les deux lumières ; on entendit un bruit mouillé et les deux reflets lumineux se brisèrent en une myriade de petites lumières oscillantes qui dansaient sur des ondes concentriques : un lac souterrain ou peut-être une citerne, quel lieu était-ce donc ?

— Et maintenant, venez !

Le chemin reprit, mais après quelques minutes il s'arrêta : le couloir, qui entre-temps s'était légèrement élargi, était barré par une porte en fer. L'enfant frappa, selon le rythme et la cadence d'un signal convenu. On entendit remuer le cadenas et la porte s'ouvrit sur une nouvelle salle creusée dans le tuf, mais éclairée cette fois par une ampoule électrique : sur le seuil, un homme habillé avec une surprenante élégance.

— Attends ici dehors, je t'appellerai, dit-il au gamin en lui glissant une pièce dans la main. Puis, se tournant vers Adelmo : Entrez, nous avons à parler.

Il entra, et ce fut comme entrer dans les fables qu'on lui avait racontées enfant : le château au fond du puits, et dans le château l'ogre, ou le géant, ou peut-être même le prince prisonnier d'un enchantement.

Cette pièce, si l'on pouvait l'appeler ainsi, était tout ensemble caverne et palais : des parois de pierre nue, semblables au plafond et au sol, mais sur ce dernier étaient étalés des tapis persans, comme on disait que les Berbères faisaient pour leurs campements ; et sur les tapis, des meubles marquetés, une table, un secrétaire, un bonheur-du-jour, deux petits divans de velours rouge. Posé sur une petite table, un gramophone, dont émanait, grésillante, la voix d'Édith Piaf : « ... *entre Saint-Ouen et Clignancourt...* ».

Ogre ou prince ensorcelé, l'homme élégant qui maintenant l'invitait à s'asseoir sur l'un des sofas ?

— Cognac ?

Adelmo ne buvait jamais d'alcool, mais à ce moment-là il en éprouva le besoin.

— Oui, merci.

— Il faut bien contrebalancer la monotonie du paysage par quelque vice, vous en convenez ?

— Je pense que oui.

— Ainsi donc vous venez de Turin, n'est-ce pas ?

— En effet.

— Et vous êtes le cousin d'une cousine de Raffaele Piracci.

— Plutôt éloigné...

— Monsieur, vous avez traversé la moitié de Naples sous terre pour me raconter pareille sottise ?

— Vous ne me croyez pas ?

— Si j'avais cru à cette histoire, je ne vous aurais pas fait appeler ; en revanche, quand mes amis de Forcella m'ont dit qu'un type du Nord voulait s'informer sur ce pauvre garçon de Raffaele, je me suis dit que c'était là une bonne occasion de m'ôter un doute. Les nouvelles vont vite pour qui peut bien les payer. Alors, que savez-vous à propos de Piracci Raffaele ?

— Que quelqu'un l'a tué.

— Et vous avez cru qu'à Forcella on vous dirait qui l'a tué ? Mais vous savez bien comment va le monde, ou alors vous êtes né de la dernière pluie ?

— Je pensais le savoir, mais voilà que je ne le sais plus.

L'autre le regarda surpris. Cette réponse n'était pas attendue, elle n'était pas dans l'ordre des choses. Il se tut un instant, avant de reprendre sur un ton plus calme.

— Moi non plus je ne sais plus comment va le monde. Vous me voyez, j'ai les cheveux blancs, je possède une certaine culture, une certaine aisance. Ne vous laissez pas abuser par cette grotte ; je ne viens ici que lorsqu'il ne fait pas bon pour moi rester là-haut, quand ceux qui me cherchent se rapprochent trop. Ne vous laissez pas abuser, vous disais-je, je suis un homme puissant. Et cependant, dans ce monde nouveau, même un homme comme moi ne parvient pas à savoir tout ce qu'il voudrait savoir. Avant la guerre c'était différent. Si je demandais qui avait tué Raffaele, la nuit n'était pas finie qu'on me disait qui avait fait le coup, et pourquoi, si c'était une histoire de jeu, de femme, ou si on l'avait flingué pour me signifier quelque chose.

— On ne l'a pas flingué, on l'a poignardé.

— Vous avez raison, je l'avais oublié. Mais flingué ou étripé, ça revient au même. Ce qui fait la différence, c'est le motif. Quand quelqu'un fait, pour ainsi dire, des commissions pour moi, ça se sait à Naples, et à partir de ce moment-là ce quelqu'un est sous ma protection. Raffaele l'était, et je veux savoir pourquoi on a éliminé quelqu'un qui était sous ma protection.

— Peut-être y a-t-il quelqu'un qui vous veut du mal.

— Vous faites tellement bien le candide qu'on dirait presque un vrai. Ceux qui me veulent du mal, je les connais un par un ; c'est bien pourquoi je suis là-dessous comme un rat. Mais je crois pouvoir vous garantir que ce ne sont pas eux. C'est qu'après la guerre circulent des gens de toutes espèces ! Il y a ceux qui autrefois auraient rampé de honte et qui à présent ne savent plus témoigner du respect. Alors dites-moi vraiment ce que vous savez.

— Celui qui a assassiné Raffaele Piracci est probablement le même qui a tué deux autres cheminots à Turin et...

Il se mordit la langue ; il allait évoquer ses soupçons à l'égard de l'ingénieur Bertoldo et de son associé napolitain, mais il se retint : qu'est-ce qui lui garantissait que son interlocuteur n'était pas lui aussi de la partie ? Peut-être qu'en feignant de n'avoir rien compris à ces trafics avec les Américains, il pouvait encore espérer s'en sortir vivant. Mais peut-être en avait-il déjà trop dit. Oui, il en avait trop dit. Toutefois il n'éprouvait aucune peur, il ressentait seulement une grande lassitude et un désir immense d'en finir. Savoir s'ils s'étaient sentis comme cela, ses camarades, ceux du maquis, avant d'être fusillés par les fascistes.

— ... et ?

— Et l'un d'eux était un ami.

— Une belle chose que l'amitié. Vous, par amitié, vous êtes prêt à vous fourrer dans les ennuis.

Phrase sibylline ; était-ce lui l'ennui, ou en était-il la solution, ogre ou prince ?

— Je dois admettre, reprit-il, que vous savez déjà plus de choses que moi. Ne voulez-vous pas en dire davantage ?

— Je crois avoir terminé.

C'était le moment du jugement.

— Vous êtes un brave homme, du moins si je comprends encore quelque chose aux gens. Vous êtes un brave homme et en plus vous n'êtes pas un flic, car là-dessus j'ai mes renseignements. Continuez donc à rechercher l'assassin de votre ami, et si à Naples vous avez besoin d'aide, faites-le savoir à Rosa Garritano, vous la connaissez : cette fois-ci, elle ne vous fera pas chasser, vous pouvez me croire.

— C'est maintenant que j'ai besoin d'aide.

— Vous ne vous sentez pas en sécurité ici avec moi ?

— Si, mais j'ai besoin de renseignements sur Raffaele Piracci.

— Là, vous tombez mal. Raffaele était un homme sans histoire. Il est arrivé à Forcella en décembre 45, il cherchait un travail et un endroit où dormir. On me l'a amené ici et je l'ai dévisagé comme je vous ai dévisagé vous, et j'ai pensé la même chose : c'est un brave homme. Il était silencieux, presque muet. Il ne buvait pas, ne jouait pas. Il faisait les commissions que je lui disais de faire et se tenait à sa place. Il s'était même épris de Rosa, mais celle-ci ne voulait rien savoir. Moi je lui disais : « Rosa, épouse-le, un homme ira bien chez toi aussi », mais elle, rien à faire. Et puis, un jour, au bout d'un peu plus de deux mois, on l'a assassiné. Voilà tout.

— Était-il napolitain ?

— Ça certainement pas. Un jour je lui ai demandé s'il avait participé à la révolte ; il m'a répondu qu'à cette époque-là il était du côté de Potenza, et en effet d'après son accent il pouvait bien être de Lucanie, mais là-dessus je n'en sais pas plus.

— Ne vous a-t-il jamais parlé de Pasquale Pepe ou de Giovanni Monticone ?

— Jamais entendu parler. L'un de ceux-là était votre ami ?

— Monticone.

— Je suis désolé.

— C'est la vie.

— À présent je vais vous faire raccompagner là-haut, mais faites-moi une promesse : si vous parvenez à attraper votre assassin, ne le remettez pas à la police, je m'en charge.

— D'accord, répondit Adelmo sans conviction.

Puis, repensant au trajet de l'aller et à l'oppression du passage à travers cette fente dans le rocher, il demanda :

— Il me faut vraiment effectuer le même trajet que tout à l'heure ?

— Cela vaut mieux pour vous. Ce que vous avez suivi, c'est le vieil aqueduc romain. On l'a utilisé comme dépotoir et comme cave durant des siècles, puis, pendant la guerre, le Génie l'a transformé en un immense refuge antiaérien, et les Napolitains s'y sont installés avec des lits et des rideaux de tentes les nuits où pleuvaient les bombes. La partie que vous avez vue, tout le monde la connaît, du moins les galeries les plus grandes, tandis que les petites, comme on sait, disparaissent en un instant sous un tas de gravats tombés allez savoir d'où. Il y a une autre partie de la Naples souterraine, mais celle-là il vaut mieux que vous ne la connaissiez pas, ainsi vous ne pourrez pas confondre et parler de quelque chose à la mauvaise personne, d'ailleurs tous les gens sont ces mauvaises personnes si vous parlez de ce qui ne vous regarde pas.

La menace avait valeur de congé, et Adelmo se leva.

Son hôte lui ouvrit la porte en fer.

— Ciro, en haut !

Et en compagnie de Ciro, il parcourut en sens inverse les entrailles de la ville pour retourner, avec lui, voir les étoiles.

— De quel côté dois-je aller pour arriver à l'hôtel *Cavour* ?

— Par là, dit-il en indiquant de la main l'un des nombreux accès au lacis de ruelles.

Adelmo fouilla dans ses poches et en tira deux piècettes mais, quand il les tendit au gamin, ce dernier les refusa et s'enfuit.

Il se mit en route. Il était écrit que cette nuit était la nuit des labyrinthes.

Il était une heure passée, les lumières des maisons étaient éteintes depuis longtemps ; des fenêtres, ouvertes dans l'espoir d'un souffle d'air, provenaient des bruits de respirations rythmées, profondes : c'était comme si les ruelles elles-mêmes ronflaient d'un même ronflement, comme si la chaleur de l'air n'était rien d'autre que la respiration de cette immense bouche collective.

Il ne savait pas exactement où aller et cependant tournait ici et là, avec détermination. Une ruelle, puis une autre, une autre encore ; ou alors était-ce la même ? Comme dans tout labyrinthe, il eut l'impression de tourner en rond. Il essaya de prendre comme point de repère les autels élevés à la gloire des saints aux coins des rues ou le long des murs ; mais même ces statues auréolées, ces madones sanglantes, pleureuses et douloureuses, lui paraissaient finalement toutes semblables à la lueur des veilleuses, et même, au vacillement de la petite flamme, elles prenaient les traits diaboliques de démons grimaçants ou de fantômes pâles et évanescents.

Finalement, de saint en saint, de madone en madone, de juron en juron, il put distinguer au loin la gare centrale : à partir de là, son sens de l'orientation sut lui venir en aide.

XI

Naples, 27 juin 1946. Jeudi

Pour ce qui est de dormir, il n'avait pas dormi. Il s'était tourné et retourné dans son lit, suant, jurant, s'enroulant dans le drap avant de le rejeter pour le reprendre l'instant d'après. Sommeil, demi-sommeil, veille, sommeil à nouveau, mais bref ; sur le ventre, sur le côté, un verre d'eau, sur le dos.

Dormir.

Avec cette chaleur ? Et avec un assassin de l'autre côté du mur ?

Pour ce qui est de dormir, il n'avait pas dormi. Il avait ruminé, entre rêve et réflexion, sur la maigreur de ses succès : un commerce louche découvert mais non éventé, de grosses légumes qui tuent sans se salir les mains et qu'il ne pourrait jamais dénoncer. Mais c'étaient là des choses amères qu'il avait déjà ruminées tout au long du jour précédent ; seulement, l'insomnie les rendait plus dures à avaler. Chaque fois que le sommeil semblait arriver, il avait été remué par les images, grossièrement déformées, des galeries, des salles creusées dans le tuf et de ce vieux monsieur aimablement menaçant : autant d'efforts, autant de peur, pour ne rien découvrir, si ce n'est que Raffaele Piracci était un petit délinquant, voire carrément un tueur à gages, et qu'il venait de Potenza, ou de ce coin-là. Il n'y avait rien à faire : il profiterait encore d'un jour de vacances aux frais de Berto et de son père, puis rentrerait à Turin.

— Bonjour, monsieur Baudino, le salua le portier tandis qu'il remettait la clé de sa chambre, on vient d'apporter ceci pour vous.

— Merci, répondit-il en saisissant une grande enveloppe jaunâtre.

Il la retourna pour en voir l'expéditeur : « Étude de Me Galimberti — Turin ». Il fut tenté de la jeter à la poubelle, mais se ravisa : il l'ouvrirait, mais seulement après le petit déjeuner.

Pain blanc, confiture, beurre. Son palais jouissait. Il commanda un thé, pour en redécouvrir le goût, après toutes ces années de *karkadè*[1]. Sucre à volonté, une tranche de citron. Il mangea avec calme, essayant de faire pénétrer les saveurs jusqu'au plus profond de la mémoire, car avant longtemps il ne les trouverait plus sur sa table.

Il se leva et traversa le hall en direction de la porte à tambour, au-delà de laquelle les tourbillons de papiers gras et de poussière laissaient pressentir un vent rafraîchissant malgré la lumière aveuglante de la matinée déjà avancée.

1. Ersatz du thé cultivé en Érythrée.

Sur le point de s'engager dans ce manège vitré, il fut arrêté par un jeune homme en costume de serveur :

— Monsieur Baudino, on vous demande au téléphone, cabine deux.

Il n'aimait pas les cabines du téléphone, il s'y sentait toujours en danger ; il préférait de loin les cafés qui avaient le téléphone près de la porte des toilettes, entre les caisses de bière et le lavabo avec la brosse à dents pendue à sa chaîne. Mais il s'agissait là d'un hôtel bourgeois, et il lui fallait se soumettre au supplice de la cabine, même s'il y pressentait plus que jamais une menace.

— Allô ! Allô ! Qui parle ?

Friture sur la ligne.

— Ici Baudino, qui parle ?

Nouveaux bruits.

— Allô...

— Salut, Adelmo, je t'ai enfin.

La voix de Berto était sereine et animée d'une pointe de gaieté.

— Tu avais cherché à me joindre à d'autres moments ?

— Oui, on ne te l'a pas dit ?

— Non.

— Tout va bien ?

— Bien sûr que tout va bien, explosa Adelmo, ça va bien pour toi et pour ton père. Derrière tous ces meurtres, il y a l'ingénieur Bertoldo et un de ses dignes acolytes napolitains. Ça vous suffit ? Vous avez ce que vous vouliez ?

— Adelmo, es-tu devenu fou ?

— Tu veux encore continuer cette comédie ? J'ai compris pourquoi tu m'as persuadé de venir ici à Naples, c'était pour trouver quelque chose contre Bertoldo. Eh bien, je l'ai trouvé. Ce fut facile : il trafique avec les Américains au détriment des Chemins de fer de l'État et il a fait tuer ceux qui lui mettent des bâtons dans les roues. Satisfait ?

À l'autre bout du fil, il y eut un instant de silence, puis Berto reprit.

— Si c'est vrai, alors l'enveloppe que je t'ai envoyée ne sert à rien…

La voix avait perdue sa gaieté ; le fils du notaire paraissait troublé.

— … alors il va falloir réfléchir à la manière de le dénoncer, de le faire mettre sous les verrous, de te faire réintégrer…

— Va te faire foutre, Berto.

Et il raccrocha furibond.

Il avait besoin d'air, et de cailloux où flanquer des coups de pied. Il sortit. Il traversa la place à pas furieux et continua le long du corso Umberto I°, sans s'arrêter : ainsi faisait-il quand la colère était vraiment trop forte. Lorsqu'il avait appris le mariage de Mirella, il avait traversé tout Turin des quais du Pô jusqu'au cimetière de Pozzo Strada, où la ville se perdait dans les champs. Cette fois, en revanche, il s'arrêta au bout d'une demi-heure à peine, pour s'avachir sur une chaise de café.

— Une bière.

— Une belle bière bien fraîche pour ce monsieur assis dehors !

Ce n'est qu'en s'accoudant sur la table qu'Adelmo s'aperçut qu'il avait fait tout ce chemin avec l'enveloppe de Berto serrée sous le bras. Il l'ouvrit alors, en tira une lettre et un exemplaire de *La Stampa*, du 7 mars 1944.

Turin, 26 mars 1946

Cher Adelmo,

J'ai repensé à l'inscription trouvée sur les murs où l'on a assassiné ces pauvres types, celle qui disait : ITALIA 3 MARS 1944 MA VENGEANCE POUR TOI *; ainsi, ce matin, je suis allé aux archives de* La Stampa *avec un ami journaliste, et je me suis mis à éplucher les journaux autour de cette date. Le 3, le 4 et le 5, rien de particulier, rien que nous ne sachions et surtout rien à associer à ton enquête ; dans le journal du 7 en revanche, en première page, il y a un entrefilet susceptible peut-être de nous intéresser, ça parle d'un accident ferroviaire et de Naples : je ne sais pas pourquoi mais je continue à penser que Naples est le centre de tout. J'aurais pu te téléphoner à l'hôtel et te lire l'article, mais je préfère que tu le regardes directement, car je ne voudrais pas t'influencer par mes propres impressions : c'est toi le policier. Alors, en intriguant un peu, je me suis fait céder un exemplaire que je t'envoie immédiatement par un courrier exprès et je t'appellerai ces prochains jours pour voir s'il t'est bien parvenu.*

TON AMI BERTO

Ami ? Encore ami ? Adelmo en était déconcerté.

La bière était vraiment bien fraîche, le verre était tout embué et le long du bord courait un filet de mousse qui dégoulinait du haut.

Une bonne gorgée, avec les petites bulles qui grattaient le fond de la gorge, puis Adelmo s'adonna à la lecture de ce journal vieux de plus de deux ans.

Au centre de la une, on annonçait la mort du Professeur Arrigo Solmi, ex-ministre de la Justice, tandis que dans la dernière colonne de droite, en bas, figurait un petit article de quelques lignes que Berto avait entouré au crayon.

DANS L'ITALIE OCCUPÉE
CINQ CENTS VOYAGEURS ASPHYXIÉS
PAR LA FUMÉE DANS UN TUNNEL
FERROVIAIRE

Lisbonne, 6 mars

Le service d'informations britannique apprend de Naples qu'une terrible catastrophe ferroviaire a eu lieu en Italie du Sud. Un train de marchandises, surchargé de voyageurs, a été contraint de s'arrêter dans un tunnel pour des raisons encore inconnues.

La fumée de la locomotive, s'étant accumulée dans le souterrain, rendait l'air irrespirable, si bien que plus de cinq cents personnes y ont trouvé la

mort. 49 autres voyageurs ont été conduits à l'hôpi-
tal dans un état critique.

Cinq cents morts, cinq cents personnes tuées en un instant, et à peine quelques lignes que peu de monde avait lues et que personne peut-être ne se rappelait. Il ne parvenait pas à voir si cet accident ferroviaire avait ou non un lien avec le meurtre de Monticone et des autres, mais cela lui importait peu. C'était le poids des morts qui le troublait en ce moment, le poids différent des morts. En 44, on mourait pour un tas de raisons ; on mourait dans les camps de concentration, on mourait à cause d'une balle allemande, à cause d'une bombe al-liée, on mourait pendu par les Républicains[1], et toutes ces façons de mourir avaient une valeur différente.

Il repensa à l'époque où il était dans le maquis, à ses camarades qu'il avait vus se faire massacrer. Il n'avait pas été équitable : pour certains il avait souffert comme si on lui avait arraché les chairs, pour d'autres il avait pleuré, d'autres encore avaient fini dans le passif d'un bilan rédigé même avec froideur.

Mais cinq cents victimes, pouvait-il en aller ainsi pour cinq cents pauvres diables ? Ce n'était pas l'ampleur de la catastrophe qui le boulever-sait, mais l'oubli, le silence des journaux, de la ra-dio. De la fumée létale de ce tunnel, il n'était

1. Après le 8 septembre 1943, les fascistes établissent la République de Salò (au bord du lac de Garde).

resté aucune trace dans la mémoire du pays. Non, les morts, y compris les morts massives, n'étaient pas toutes égales pour une nation ; certaines laissaient de profondes blessures, quand d'autres ne causaient que des égratignures, prêtes à s'effacer de la peau au premier soleil. Était-ce juste ?

Il se le demanda avec insistance.

Était-ce juste ?

Il regarda la date du journal : 7 mars 1944. Il repensa aux analogies et aux différences ; mourir en mars, ce même mois de mars 1944, sous terre, une quantité de choses étaient semblables, mais être fusillé à Rome, aux Fosses ardéatines, ce n'était pas comme crever dans un trou perdu de l'Italie du Sud. Pour trois cent trente-cinq personnes, le hasard avait choisi une mort glorieuse, pour cinq cents autres, ce même hasard avait prévu une fin inutile et dépourvue de sens. Toi raflé par les nazis, toi dans un tunnel qui se transforme en chambre à gaz ; toi pour toujours dans l'Histoire, toi oublié jusqu'à maintenant : le hasard.

Adelmo ressentit une immense pitié pour les victimes de cet accident ferroviaire ; à leur fin, le destin avait refusé un sens et un coupable. Pour les autres, il y avait des bourreaux et des parce que, il y avait la mauvaise conscience de toute une époque ; il y avait une cause et une raison pour mourir, une faute et une espérance. Pour les morts du tunnel, il n'y avait rien, seulement la mort.

Il finit sa bière et demanda la note.

Tandis qu'il comptait sa monnaie pour payer, le

serveur jeta un œil au journal ouvert, lisant avec une certaine attention l'entrefilet entouré, puis, pointant le doigt à la hauteur du titre, il dit :

— Ainsi donc pour le Nord nous étions l'Italie *occupée*, hein ?

— Nous, rectifia Adelmo, nous l'appelions l'Italie *libérée*.

— Au contraire, ils avaient raison ceux du journal ; nous étions occupés et nous avons baissé notre froc, après avoir prêté serment au Duce.

Il ne s'agissait assurément pas d'un interlocuteur idéal, mais il essaya quand même de demander.

— Et de cet accident ferroviaire, vous-même, vous n'en avez jamais entendu parler ?

— Moi, non. Selon moi, il n'a jamais eu lieu, rien que de la propagande, de la propagande de l'internationale juive ploutocata... plouto...

Il aurait voulu extirper le mot « ploutocratique » de ses réminiscences de discours de meetings, mais il n'y parvint pas et s'en alla contrarié.

Adelmo se remit en route, dans la direction d'où il était venu. L'humeur sombre de tout à l'heure s'était un peu adoucie, et il suspendait son jugement sur Berto : peut-être s'était-il trompé, même si cela lui paraissait peu probable. Ce qu'il lui semblait pouvoir dire avec une absolue certitude, c'était que, entre l'accident ferroviaire et les inscriptions laissées par l'assassin, il n'y avait aucun lien. « ITALIA 3 MARS 1944 MA VENGEANCE POUR TOI. » : pourquoi aurait-on dû venger l'Italie entière d'un outrage que personne ne connaissait, un outrage sans responsables ? Du reste, le journal ne précisait pas la date : des coïncidences, de pures coïncidences. Mieux valait oublier Monticone, Pepe et Piracci, oublier la réhabilitation. Mais à présent cet article de journal avait éveillé en lui quelque chose qui était plus que de la simple curiosité, c'était une sorte de devoir moral : il fallait qu'il s'informe sur ce qui avait eu lieu dans ce tunnel, il devait le savoir pour ne pas oublier et ne pas laisser oublier. S'il y avait un endroit où trouver des informations, c'était bien la gare centrale, et c'est là qu'il se dirigea.

Il était midi passé et, sur les quais comme sur les trottoirs, le trafic était réduit : tout était à la pause déjeuner. Seule une vieille locomotive à vapeur haletait en tirant quelques wagons de marchandises, tandis qu'un autorail ouvrait ses portières pour laisser descendre de rares passagers, lesquels, à en juger par leurs paniers et leurs sacs, devaient être des campagnards venus en ville vendre œufs et légumes.

Il chercha le bureau de police ; il le trouva, tout au fond, juste à côté des cabinets, dont il ne se distinguait qu'à peine.

Il entra et montra un court instant à l'agent de service sa carte de la Milice, qu'il replaça presque aussitôt dans la poche de son pantalon.

— Excusez-moi, dit l'agent, vous pouvez me la faire voir à nouveau cette carte ?

Adelmo la lui tendit à contrecœur.

— Eh ! pour sûr, dans le Nord, vous êtes mal en point ; on ne vous a pas encore changé vos cartes, elles portent toujours le faisceau de licteur !

— En effet, on est un peu en retard dans les changements.

— C'est bien, ça veut dire que pour une fois on est arrivés avant vous. Je peux vous être utile à quelque chose ?

Adelmo sortit de l'enveloppe le journal que Berto lui avait envoyé et lui montra l'article, en lui laissant le temps de le lire.

— Avez-vous entendu parler de cet accident ?

— Personnellement, non, mais ça ne fait qu'un an que je suis ici à Naples ; attendez, je vous appelle quelqu'un qui en saura peut-être davantage.

Il posa le journal sur son bureau et se pencha dans l'ouverture de la porte intérieure, s'appuyant sur le montant.

— Iovino, viens voir là, il y a un collègue de Turin qui veut des renseignements sur de vieux trucs, de 44.

Iovino arriva, la cravate défaite, le col de chemise ouvert et l'uniforme plein de miettes. Il avait une tête ronde et semblait sourire de tout le visage.

— Vous m'excuserez, dit-il à Adelmo, j'étais en train de manger un petit morceau.

— À vous plutôt de m'excuser, pour le dérangement.

— Mais pas du tout ! De quoi avez-vous besoin ?

— Je voudrais m'informer sur cet accident.

Et il montra de nouveau le journal, plié au bon endroit.

Iovino le lut, presque en le déchiffrant, et à mesure qu'il lisait, sa mine s'assombrissait. À la fin, il leva les yeux et son regard semblait s'être rempli de douleur.

— C'est la catastrophe de Balvano.

— Pardon ?

— La catastrophe de Balvano. Le tunnel où le train s'est arrêté, c'est celui qui est juste après la gare de Balvano, sur la Salerne-Potenza. Tous ces pauvres types qui sont morts comme des rats ! Et comme si ça ne suffisait pas, il y a eu là-dessus les chacals qui ont dérobé les affaires des cadavres, quand ils les ont sortis de là ; des types qui ensuite venaient ici à Naples pour revendre les objets à Forcella.

— Mais pourquoi n'en sait-on presque rien ? Les journaux en ont-ils parlé ?

— Mais pardon, où étiez-vous donc, vous, il y a deux ans ? Vous croyez que, avec tout ce qui se passait, on allait faire tout un esclandre pour un accident ?

— D'accord, mais cinq cents morts…

— Que voulez-vous ! Cinq cents, mille, deux mille : il y avait la guerre, et la guerre venait en premier.

— Mais y a-t-il eu une enquête ? S'est-on assuré des responsabilités ?

— Ça, je ne saurais vraiment pas vous le dire. À ma connaissance, personne n'a été inculpé, mais de toute façon, dans ces cas-là, ce n'est jamais la faute de personne. C'est le destin, voilà tout.

— La date exacte, vous vous la rappelez ?

— Faites-moi voir encore le journal.

Il regarda l'indication « Lisbonne, 6 mars ».

— Oui, c'était début mars, mais je ne me rappelle pas la date précise. À mon avis, vous feriez bien d'aller jusqu'à Balvano ; j'ai entendu dire par un collègue que les documents, ils les ont conservés là-bas : ici à Naples vous aurez du mal à trouver quelque chose, et puis, ce genre d'affaires, on n'en parle pas volontiers.

Adelmo comprit qu'il était l'heure de conclure.

— Merci infiniment.

— Et de quoi, vous plaisantez. Au revoir.

Il salua également l'autre agent et sortit.

Encore un voyage ? Encore aux frais de Berto ? Et sa mère ? Comment le prendrait-elle ? Tous ces jours, il l'avait appelée au téléphone deux fois, mais comme le téléphone, c'était celui des voisins, sa mère n'avait pas pu lui faire de scène : elle avait ajouté quelques maladies à la longue liste qu'Adelmo connaissait, mais elle gardait en réserve les reproches les plus féroces pour son retour, et plus celui-ci était différé, plus la crise de colère serait grave.

Totalement indécis, il acheta un indicateur des Chemins de fer. Il s'assit à l'ombre, sur un banc en ciment, et éprouva une sensation de fraîcheur qui des fesses remontait vers le haut ; puis il ouvrit l'indicateur, chercha le tableau correspondant à la ligne Naples-Battipaglia-Potenza-Tarente-Brindisi, le tableau 266, lut l'une après l'autre les gares du trajet et comprit tout, ou du moins le crut-il.

Il fouilla dans sa poche et prit ce qu'il restait d'un crayon qui l'accompagnait depuis des temps immémoriaux. Dans l'indicateur, il chercha Potenza Inferiore, la ville de Raffaele Piracci, le premier assassiné. Puis il chercha la gare de Bella-Muro, à trente et un kilomètres de Potenza ; c'était là, à Muro Lucano, que Pasquale Pepe, à en croire ce qu'avait dit sa sœur, avait loué une maison. Encore huit kilomètres, toujours en direction de Naples, et c'était alors la gare de Balvano-Ricigliano : il en entoura le nom d'une autre marque. Puis Romagnano, Ponte San Cono et Buccino : autre cercle, le dernier, pour indiquer le village où Pepe, le troisième à être assassiné, avait vécu jusqu'à fin 45.

Il avait tout compris, du moins le croyait-il.

XII

28 juin 1946. Vendredi

— Contursi ! Gare de Contursi. Cinq minutes
d'arrêt.

La gare, jaune comme seules les gares savaient
l'être, semblait perdue dans l'immensité des prés.
Des prés partout. En tout cas, dans ses yeux, il y
avait toujours la mer ; beaucoup de mer. Il avait
l'impression de l'avoir toute bue du regard. Depuis
que le train avait quitté Naples Centrale, jusqu'à
son entrée en gare de Salerne, Adelmo n'avait pas
décollé un seul instant le nez de la vitre. Le golfe
s'ouvrait peu à peu à sa vue, dans une lumière sans
demi-mesures : de Portici à Pozzuoli, de toute part
les fenêtres envoyaient des éclats changeants. Des
navires de guerre américains croisaient le sillage
des bacs pour Capri ou Ischia ; tout lui paraissait
si magnifiquement lointain. Il lui sembla comprendre, comme jamais auparavant, certains regards absents de Remo Labarca, les soirs de guet,
là-haut au maquis. Remo Labarca, lui, son nom
de guerre, il n'avait pas même eu à le chercher,

ses camarades l'en avaient affublé, le même nom qu'on donnait aux rares Turinois incorporés dans la marine : Remo Labarca, par plaisanterie, par raillerie, pour masquer derrière la risée leur incapacité à comprendre cette mer sans limites qui baignait les récits de ceux qui l'avaient pratiquée. Mais, au fond, ce surnom n'était pas si inapproprié ; lors de ces soirées là-haut, à l'Alpe-du-mois-d'août, dans la lueur bleutée du soleil à peine couché, Remo, ou quel qu'ait été son prénom, scrutait les pâturages comme s'il avait vraiment dû les sillonner à la barre d'un bateau, il regardait toutes les mers de sa mémoire, comme un capitaine au long cours. Lorsque vint son tour, c'est là qu'on l'enterra, sans croix, sans nom, et ce fut un peu comme si on l'enterrait dans un océan de verdure.

Or, voilà que la verdure revenait. Le train était parti de Contursi et montait maintenant vers Sicignano degli Alburni ; dehors, les campagnes avaient cédé la place aux collines, lesquelles devenaient peu à peu des montagnes.

Sicignano, San Gregorio Magno, Romagnano. Depuis les fenêtres ouvertes entrait à présent de l'air plus frais. Les pentes des montagnes alentour étaient couvertes d'arbres et d'une herbe qui donnait presque l'impression d'un fin tapis, déchiré aux endroits où affleurait la roche claire : on ne voyait ni maisons, ni humains, ni troupeaux. Les parois étaient de plus en plus en surplomb et le train progressait au fond d'un vallon étroit ; obscurité de l'ombre et obscurité de tunnels si exigus que le train semblait trop large pour y entrer.

— Balvano. Gare de Balvano-Ricigliano.

Il retira sa valise du filet et descendit. Il referma derrière lui la portière de la voiture, aucune autre ne s'était ouverte.

Un coup de sifflet sec, un signal vert levé, le train qui s'ébranle, un grincement de ferraille dans l'air quelques secondes, puis plus rien. Adelmo était tout seul sur le quai, debout, immobile dans son costume sombre, sa valise abandonnée par terre. Il regarda disparaître le wagon de queue, puis regarda autour de lui : et le village ? Il l'avait cru caché derrière les voitures, mais, à présent que la voie était vide, il découvrait que par là il n'y avait rien : d'un côté, encore des prés, et de l'autre, adossée à la montagne, la gare, en fait, une casemate plutôt qu'une gare. Un seul étage, le toit bas, une salle d'attente unique pour la première, la deuxième et la troisième classe, les leviers des aiguillages, le bureau du personnel, rien de plus.

Intrigué par ce voyageur désorienté, le chef de gare sortit et le fixa d'un air interrogateur.

— Le village ? demanda Adelmo.

— Balvano ou Ricigliano ?

— Balvano.

— De ce côté, fit l'autre en indiquant une petite route qui s'ouvrait derrière la gare. Trois kilomètres.

— Encore une chose.

— Je vous écoute.

— Sauriez-vous me renseigner sur l'accident du tunnel ?

— Mais qui êtes-vous, d'abord ? Qu'est-ce que vous voulez savoir ?

— Je suis un ami de Giovani Monticone, hasarda-t-il.

— Et qui le connaît ?

— Mais au moins pourriez-vous me raconter ce qui s'est passé ?

— Moi j'ai déjà tout dit aux autorités. Ils ont débarqué ici avec un papier signé du général Gray...

— Qui ?

— Le général Gray, ou un colonel, j'en sais rien : c'était le responsable des Alliés pour les transports. Sur le papier de la commission, il y avait sa signature. Ils sont allés là-haut, ont posé des questions à tout le monde. Il paraît que c'était de notre faute. Puis ils ont rempli quelques paperasses et s'en sont retournés chez eux. Et à présent vous voilà qui venez me casser les pieds avec vos conneries, mais allez, fichez le camp, car si je vous vois rôder autour de la gare, j'appelle les carabiniers.

Il rentra et claqua la porte.

Si un train était passé à cet instant, Adelmo l'aurait sans doute pris, au vol, sans se soucier de la direction. Mais aucun train ne devait s'arrêter ici dans les vingt-quatre heures à venir.

Il prit sa valise et emprunta la petite route déserte. À la bifurcation d'où partait la route pour Ricigliano, il se retourna une dernière fois vers la gare, et ses yeux croisèrent ceux d'un vieillard moustachu qui le regardait par la fenêtre de derrière : un instant, un éclair, et les yeux disparurent.

Il marcha, sur les cailloux de la route, entre buissons et murets de pierres sèches ; une vraie petite route de montagne avec une montée qui coupait le souffle. Toujours personne, un léger bruissement d'un vent presque froid, c'est tout. Le soleil désormais n'éclairait plus que les plus hautes cimes, le reste était dans l'ombre.

Le village apparut soudain, au détour d'un virage. Un éperon rocheux, massif, imposant, où prenait appui une construction tout aussi imposante : un château, ou peut-être un fort. Et en contrebas, sur la pente, les maisons en pierres, adossées les unes aux autres, comme blotties à cause du froid et de la peur : elles regardaient le fond de la vallée. Balvano dominait de sa hauteur une étendue de pâturages en pente raide où l'herbe était rare sur la roche calcaire. Tout lui était inconnu, mais finalement, dans ces pâturages, Adelmo se sentait chez lui, et il croyait presque entendre les chansons des camarades marchant sur les sentiers...

*Traîtres d'Allemand, le chasseur alpin est mort
mais un autre combattant aujourd'hui est ressuscité.*

Le Partisan mène sa bataille :
Allemands et fascistes, hors d'Italie !
Allemands et fascistes, hors d'Italie !
Crions de toutes nos forces : la pitié est morte !

Il lui semblait revivre sa brève période dans le maquis.

Sur la partie la plus raide de la dernière côte, il croisa un homme de retour des champs, sa faux sur l'épaule ; ils se dévisagèrent. Il fut tenté de s'adresser à lui mais, quand il eut trouvé ses mots, l'autre avait déjà disparu dans une cabane toute proche. Arrivé aux premières maisons, il monta par un escalier en pierres qui lui parut le chemin le plus court pour gagner le cœur du bourg. Des portes ouvertes lui parvenaient des regards suspicieux, mais pas une parole. À mesure qu'il montait, le nombre des gens aux fenêtres et sur le pas de leurs portes augmentait, comme si, par d'autres voies, quelqu'un courait pour répandre le bruit d'un nouvel arrivant. Au sommet de l'escalier, sur la place, il trouva un groupe d'hommes debout à la terrasse d'un café et, parmi eux, le vieillard qui l'avait épié depuis les vitres de la gare : quelles routes, quels sentiers l'avaient conduit là-haut avant lui ?

— Excusez-moi, on peut trouver ici une chambre pour deux nuits ?

— Non.

La voix qui avait prononcé cette réponse venait du centre du groupe, de quelqu'un d'impossible à identifier, mais c'était une réponse unanime.

— Dommage, je suis ici pour honorer la tombe d'un de mes compagnons d'armes mort dans l'accident du train.

La voix de tout à l'heure reprit :

— Ici, il n'y a pas de chambres, mais si vous montez jusqu'à l'auberge, tout en haut du village, vous trouverez un lit et une assiette de soupe : dites à Salvatore, le patron, que vous venez de la part de Bartolomeo.

Il avait essayé la pitié, et la fortune lui avait souri.

Il monta encore, presque au pied du rocher. Un terrain aplani, de terre battue, une tonnelle de vigne vierge avec quelques ampoules déjà allumées qui pendaient au-dessus des tables et, derrière, une façade sombre, crépie seulement là où était tracée, avec une peinture qui autrefois avait été brillante, l'inscription « Auberge ».

Il considéra la *topia*, comme on appelait chez lui la tonnelle : la couverture était épaisse et abondante, elle devait donner une impression de fraîcheur même sous le soleil d'août. Il la traversa et un instant les conversations cessèrent, les joueurs s'arrêtèrent, leur carte suspendue en l'air, et tous les regards convergèrent vers un même point ; puis, dès qu'il fut entré, le brouhaha reprit, les cartes touchèrent la table et chacun regarda là où il avait l'habitude de regarder.

— Je voudrais une chambre, s'il vous plaît, c'est Bartolomeo qui m'a indiqué votre hôtel.

Le patron le dévisagea, mais avec moins de suspicion qu'il n'aurait cru.

— Tenez, voici la clé ; montez l'escalier, et la première porte que vous trouvez, c'est là. Les billets sont dans la cour, juste sous la fenêtre de votre chambre.

— Merci. Et puis, si c'était possible, j'aimerais manger quelque chose.

— Installez-vous et redescendez, je vais vous préparer cette table là au fond.

Adelmo monta et se jeta sur le lit sans même ôter ses chaussures ; la paillasse grinça avec une espèce de cri, comme un chat auquel on aurait marché sur la queue. Il se sentait couvert de poussière, sale, poisseux. Il resta immobile quelques minutes, puis trouva la force de se lever et de quitter son veston et sa chemise. Il souleva le broc : il était plein. Il versa l'eau dans la cuvette et se baigna le visage : la glace, au-dessus, lui renvoya une image plus civilisée, juste assez pour descendre dîner.

Il s'assit à la table qui lui avait été indiquée et peu après, sans qu'il ait rien commandé, une femme dans les trente ans lui apporta une assiette de soupe et un demi-litre de vin blanc. C'était une belle femme, large de hanches et forte de poitrine. Il remarqua qu'elle n'avait pas d'alliance : une veuve de guerre, se dit-il, une de celles, nombreuses, auxquelles une permission de bon soldat avait emporté la virginité avant qu'une bataille n'emporte aussi le fiancé. La soupe était bonne, elle sentait le jardin et la campagne ; le vin frais ôtait la soif et la fatigue : cela faisait du bien d'être ici, de tout oublier. La femme revint pour lui apporter une tranche de fromage de chèvre, et il la regarda encore, plus intensément : les cheveux noués, les yeux noirs et brillants, et ce sillon entre les seins que le chemisier ne parvenait pas à dissimuler.

Ces grâces, la saveur des aliments et le vin fort l'entraînèrent dans un tourbillon de pensées qui n'avaient plus aucun lien avec la réalité ; c'étaient des images de terres lointaines et inconnues, d'embrassades sensuelles et d'oubli. Lorsqu'il retrouva la nappe débarrassée et son verre vide, les tables sous la tonnelle étaient à présent recouvertes de chaises retournées ; les gens étaient allés dormir, car le lendemain le travail commençait tôt. Seul derrière lui quelqu'un buvait encore ; il entendit le tintement un peu sourd du verre épais, il se retourna : une fois de plus, les yeux du vieillard moustachu se plantèrent sur lui.

— Comment s'appelait-il, votre camarade, celui qui est mort dans le train ?

— Imparato Giuseppe, inventa Adelmo en pensant à un copain de régiment qui venait du Sud.

— Ah. Mais vous êtes aussi un ami de Giovanni Monticone, d'après ce que j'ai entendu.

— Oui.

— Et peut-être aussi de Pasquale le Bohémien.

— Qui ?

— Pepe Pasquale, dit le Bohémien, parce qu'il avait la peau très mate, comme un bohémien.

Ça y est, il y était arrivé, il était arrivé au point où se relient tous les fils d'histoires apparemment différentes, au point d'où tout prenait origine.

— Oui, j'avais également pour amis Pasquale Pepe et Raffaele Piracci.

— Alors venez demain matin à sept heures au cimetière, là-bas on parlera bien mieux.

Et il se leva.

— Bonne nuit, Salvatore.

— Bonne nuit à vous, Bastiano.

Adelmo lui aussi se leva, salua le patron, passa par la cour et monta à l'étage.

De sa chambre, il entendit encore le cliquetis de la vaisselle et les derniers pas dans l'escalier, avant de sombrer dans un profond sommeil.

Alors se produisit ce qui ne se produisait plus depuis longtemps, depuis une éternité.

La porte s'était ouverte dans un léger bruit, puis s'était immédiatement refermée, et une main avait tourné l'interrupteur. À ce moment-là, la silhouette de Giuseppina était apparue, redoublée par la glace de l'armoire. Giuseppina, c'est ainsi que s'appelait la femme qui l'avait servi à table, il avait entendu le patron prononcer son prénom ; et voilà que Giuseppina était là. Elle était pieds nus et portait une chemise de nuit légère, comme celles que les soldats américains avaient offertes aux filles à séduire ; ce tissu qui semblait en soie mais qui ne l'était pas, moulait son corps et lui conférait une nudité encore plus séduisante. Giuseppina l'avait regardé, puis s'était dirigée vers le lit, et il avait éprouvé le vertige de se perdre dans ce sein, de plonger les doigts entre ses fesses. Elle l'avait embrassé, le goût de sa langue était âpre. Elle l'avait serré entre ses jambes et brusquement l'avait laissé pour descendre avec la bouche lui of-

154

frir des sensations qu'aucun de ses souvenirs de bordels ne savait retrouver.

Cela faisait bien longtemps qu'Adelmo ne faisait pas de tels rêves, qu'il n'était pas aussi excité à la vue d'une femme au point de la désirer durant son sommeil. Il alluma la lampe sur la table de nuit, trois heures vingt-cinq, l'heure des rêves. Il regarda autour de lui, comme pour vérifier qu'il s'agissait vraiment d'un rêve : la porte était fermée, avec la clé dans la serrure, exactement comme il l'avait laissée, et, dans son lit, aucune trace du passage de la serveuse, dont le prénom, en réalité, lui restait inconnu.

XIII

Balvano, 29 juin 1946. Samedi

Six heures quarante-trois, il continuait à penser l'heure en cheminot. Six heures quarante-trois, et il était déjà devant la porte du cimetière, à mi-chemin entre le village et la voie ferrée. Le vieux avait bien fait de lui donner rendez-vous ici, lui-même n'avait-il pas dit qu'il voulait visiter la tombe d'un ami ? Il lui serait facile d'expliquer sa présence. Certes un peu matinale, comme visite, mais d'abord expliquer quoi ? et à qui ? En descendant de l'auberge, il avait croisé des gens, mais personne ne lui avait rien demandé : les regards intrigués de la veille s'étaient transformés en indifférence.

Étrangement, l'idée que la rencontre au cimetière puisse être un piège ne le troublait pas. Non pas que le vieillard ne puisse pas être menaçant ou qu'il ne lui inspire pas confiance d'une certaine manière ; simplement, il avait perdu toute prudence, et avec elle toute peur : s'il était descendu jusque dans le ventre de Naples, il pouvait bien se permettre d'être au cimetière avec un inconnu.

Six heures cinquante-six. Il poussa encore une fois la grille : elle était bien fermée.

La montagne face à lui commençait à s'illuminer de soleil, mais le village, le fond du vallon et le cimetière demeuraient dans une pénombre accentuée par le contraste.

Il ne le vit pas, ne l'entendit pas arriver, il sentit seulement sa main sur son épaule.

Le vieillard était là.

— Entrez et gagnez le fond de l'allée, lui dit-il en ouvrant la grille avec une clé pesant au moins trois cents grammes.

Adelmo y alla et attendit l'autre, toujours sans inquiétude, sans penser qu'un coup de couteau dans l'estomac n'était pas une perspective si lointaine. Mais l'autre arrivait, après avoir refermé la grille.

— Alors, qu'êtes-vous venu chercher à Balvano ? C'est Monticone qui vous envoie ?

Adelmo vit dans les yeux de l'autre cette peur qu'auraient dû abriter les siens. Le vieux craignait quelque chose, et il avait préféré affronter tout de suite la menace, plutôt que d'en attendre les effets. Il devait considérer la venue d'Adelmo comme l'exécution d'une sentence.

— Monticone est mort, c'est pour cela que je suis venu.

— Lui aussi ?

— Lui et les autres.

— Qui, les autres ?

— Pasquale Pepe et Raffaele Piracci.

— Eux aussi, Sainte Vierge !

— Vous ne le saviez pas ?

— Non, moi j'ai vu de mort Catello Murante, et on m'a raconté pour Carmine Gazza, le ventre lacéré et le foie dehors, mais sur Pasquale le Bohémien, sur Raffaele et sur Monticone, personne ne m'a rien dit.

— Que diriez-vous si nous allions nous asseoir à la table d'un café et essayions de nous raconter nos histoires depuis le début ?

— Vous avez raison, mais n'allons pas au café : il ne faut pas qu'on me voie avec vous. Moi, je travaille ici, et vous, vous êtes quelqu'un qui cherche une tombe, ici il est normal que nous soyons ensemble.

— Vous êtes le gardien du cimetière ?

— Je fais un peu tout : j'ouvre et je ferme le cimetière, j'enlève les mauvaises herbes, je nettoie la mairie, et parfois je donne un coup de main là où je suis utile, à l'église ou à la gare, à l'auberge ou au local de la Section du Parti national fasciste, pour moi ça ne fait aucune différence, pourvu qu'on me paie, car je n'ai pas d'enfants, je n'ai pas de femme, je n'ai personne pour penser à moi.

— La Section du P.N.F. n'existe plus.

— La Section existe toujours, rassurez-vous, ils n'ont que retiré les insignes, mais un jour ou l'autre ceux-là aussi réapparaîtront. Venez, allons voir les tombes de ceux qui sont morts dans ce train.

Dans le vieux mur d'enceinte avait été percée une ouverture, qu'ils franchirent ; Adelmo se retrouva devant quatre grandes fosses communes.

— Une fois extraits du tunnel, nous les avons mis ici, tous. À chaque mort, nous avons attaché un écriteau autour du cou, et les noms, ceux qu'on savait, ils les ont écrits sur une feuille : le numéro, et à côté le nom. Voilà, c'est ici que nous avons mis les non identifiés, et ainsi, si on vous demande, vous pouvez inventer le nom que vous voulez.

Devant eux, une bande de terre étroite et longue, entourée de gravier blanc, comme deux jeux de boules l'un derrière l'autre, portait une plaquette en fer-blanc avec écrit dessus : « fosse n° 3, 79 hommes non identifiés, 8 hommes sans écriteau ».

Adelmo regarda juste devant lui, contemplant cette fosse ainsi que les trois autres, presque identiques, contemplant l'étendue de la mort anonyme, éprouvant à nouveau cette pitié infinie qu'il avait ressentie à la lecture de l'entrefilet annonçant le désastre. La mort et l'oubli, qu'y avait-il de pire ? Il fut bouleversé.

Le vieillard vit ses yeux se remplir de larmes et crut qu'il n'avait rien compris.

— Mais alors c'était vrai que vous avez un ami décédé dans l'accident ?

— Non.

Il jugea que le moment était finalement venu de dissiper les doutes.

— Je m'appelle Adelmo Baudino, je suis ici pour découvrir qui a tué Monticone, Pepe et Piracci et sans doute aussi les autres, à vous entendre. Je crois que l'assassin est seul, mais il me faut savoir ce qu'il y avait de commun entre eux tous.

— La liste : ils figuraient tous sur la même liste, et il n'y avait pas qu'eux.

— Quelle liste ?

— Celle qu'on a envoyée deux mois après l'accident au maire, au préfet, aux carabiniers, à tous ceux de la liste et allez savoir à qui d'autre encore.

— Par qui ?

— Comment le savoir ? Par quelqu'un sans honneur et sans courage qui n'a même pas signé.

— Y avait-il autre chose d'écrit, à part les noms ?

Le vieux prit son portefeuille de la poche de son pantalon et en tira une feuille de papier vélin soigneusement pliée en six parties égales.

— Tenez, lisez.

Adelmo la prit et se mit à lire à haute voix :

— « 3 novembre 1944. Aux Autorités compétentes, l'accident qui, il y a exactement huit mois de cela, a endeuillé cette région, est dû essentiellement au comportement irresponsable de cheminots malhonnêtes, complices des contrebandiers. Pour décrire la situation des voyages en Lucanie, je ne trouve pas meilleurs termes que ceux publiés le 8 octobre 1944 dans le *Gazzettino* : "Potenza n'est accessible que par le rail : or, sur la section Metaponto-Sicignano, il n'y a que deux trains de nuit, des directs, qui ne desservent que très peu de gares. Ceux qui veulent prendre ce train sont dans l'impossibilité de trouver la moindre place, le convoi étant toujours bondé de contrebandiers, qui pratiquent le marché noir au sein de nos villages, avec un développement qui devrait sérieusement inquiéter les Autorités. Or, il s'agit de trains de marchandises. Quatre-vingt-dix-neuf fois sur cent, le train est escorté par un nègre ou un Indien, lequel devient l'homme plein de fierté qui s'obstine et qui vous laisse à terre ! Et c'est précisément ce qui est arrivé au malheureux qui écrit ces lignes pour protester. Le 25 septembre dernier, il ne lui a pas été permis de monter dans un train de marchandises, dans lequel cent autres personnes avaient pris confortablement place et qui souriaient en voyant un pauvre prêtre demander la grâce de monter lui aussi. Nous sommes des vaincus et nous devons supporter la défaite. Mais nous demandons juste le minimum indispensable." Les Autorités doivent voir combien les propos du très digne prêtre mettent le doigt sur la douloureuse plaie de la contrebande ; ce que le brave homme d'Église ne dit pas, ne peut pas dire et ne sait pas, c'est que ces malfaiteurs du marché noir qui trônent le ventre doré sont aidés et protégés par une brigade de cheminots corrompus qui ne visent qu'à se remplir les poches. Ces derniers, par tous les expédients possibles, font ralentir le train aux endroits convenus, où leurs protégés peuvent, en toute facilité, monter dans les wagons sans subir l'assaut des autres voyageurs, des mères de famille, des pauvres ouvriers, des prêtres justement, qui attendent en vain dans les gares pour se rendre à Potenza et gagner honnêtement leur pain : lorsque le convoi entre en gare, il est déjà saturé du bandits qui, poussant et cognant, refoulent ceux qui aspirent légitimement au voyage. C'est ce qui se produit quotidiennement dans nos trains militaires, et qui s'est produit lors de ce voyage tragique : plus de cinq cents personnes entassées dans le train au point d'en freiner la course jusqu'à l'arrêter juste sur la section la plus dangereuse, dans le tunnel dit des Armes, où la majeure partie d'entre elles ont péri, asphyxiées par la fumée de la locomotive. Certes, tous n'étaient pas des contrebandiers, sinon je ne pleurerais pas à ce point leur mort, mais si cette bande de malfaiteurs n'avait pas permis à un nombre important d'entre eux d'accéder de manière illicite aux wagons, aujourd'hui les femmes, les enfants, les honnêtes gens seraient encore auprès de leurs proches qui, au contraire, les pleurent sans répit. Il est donc de mon devoir de citoyen de dénoncer ces serviteurs infidèles de l'Administration ferroviaire, dont voici les noms : Ferraris Bartolo, Gazza Carmine, Monticone Giovanni, Murante Catello, Pepe Pasquale, Piracci Raffaele, Serpellini Amos, Verdoliva Sebastiano. Signé : un honnête citoyen. »

La lettre anonyme se terminait ainsi ; une petite page de vilenies tapées à la machine, avec un nom souligné au crayon, celui de Verdoliva Sebastiano. Triste époque : tous, tôt ou tard, voyaient leur nom figurer sur une liste d'épuration ; il y avait ceux qui accrochaient cette liste dans leur cuisine, et ceux qui la conservaient pliée dans leur portefeuille, mais cela ne changeait pas grand-chose.

— C'est vous, Verdoliva Sebastiano ?

— Oui, mais ces propos-là sont des foutaises, rien que des foutaises.

— Je pense bien, je crois en savoir quelque chose.

— Pour ma part, je n'ai jamais été cheminot, et pas plus Catello, on ne donnait qu'un coup de main à l'occasion. D'accord, on a pu aider quelqu'un qui faisait du marché noir, mais pour ne gagner que quelques cigarettes, qu'on offrait ensuite au café. Mais savez-vous combien de mères sont montées dans le train grâce à nous ? Combien de gars ? Et même des curés, oui, des curés comme celui qui a écrit dans le journal.

— Mais Monticone et les autres étaient bien des cheminots, non ?

— Eux non plus n'ont rien fait de mal. Chercher de quoi manger et de quoi vivre n'est pas un péché. Mais surtout, il n'est pas vrai que l'accident du train ait été de notre faute : la faute en est au mauvais charbon et aux freins, non à la surcharge ; au besoin, je peux vous le faire expliquer par quelqu'un qui s'y connaît. Et puis, comment peut-on dire qu'ils étaient pour la plupart des contrebandiers : oui, il y en avait quelques-uns, mais les autres étaient tous de pauvres types, des braves gens qui essayaient de joindre les deux bouts ; songez qu'il y avait même un professeur.

— Ceux de la liste vivaient-ils tous à Balvano ?

— Non, seulement Catello et moi ; Carmine Gazza habitait à Ricigliano, et tous les autres un peu plus loin, dans d'autres villages le long de la ligne.

Adelmo rendit la feuille au vieux Bastiano et demeura un instant silencieux, en regardant encore la désolation de ces quatre bandes de terre où gisaient tous ces braves gens.

— Bastiano, savez-vous qui a tué ceux de la liste ?

— Quand je vous ai vu arriver, j'ai pensé que c'était vous et j'ai pris ceci (il sortit de sa poche un revolver aussi vieux que lui), mais à présent je crois que vous pouvez m'aider, car on ne peut pas se réveiller chaque matin avec la peur d'arriver au soir le ventre fendu en deux.

— Quand tout cela a-t-il commencé ?

— L'année dernière, à la fête de l'Immaculée Conception.

— Le 8 décembre 1945 ?

— Si vous préférez.

— Que s'est-il passé ?

— Dans la nuit, quelqu'un a forcé la porte de la Section et est entré ; les carabiniers ont dit que rien n'avait été volé, mais que tous les papiers de l'accident étaient en désordre. Ils avaient tout rassemblé là, les listes des morts, les sommes à payer, les plaintes, ainsi que cette belle petite lettre que je vous ai fait lire. Deux jours plus tard, Vincenzo l'estropié, c'est celui qui se lève le premier avant tout le monde pour aller traire les chèvres, a trouvé Catello mort devant sa maison, celle qui est juste à côté de l'église. C'est là que je l'ai vu moi aussi, poignardé, avec toutes les tripes à l'air.

— La blessure était-elle à droite ou à gauche ?

— De ce côté, dit Bastiano en se touchant le ventre de la main droite.

— Et les carabiniers, qu'est-ce qu'ils ont dit ?

— Que c'était à cause d'une affaire de femme, ou qu'il avait joué un sale tour à quelqu'un. Mais Catello avait mon âge, les femmes il n'y pensait plus depuis un moment.

— Vous et les autres, avez-vous compris tout de suite que c'était quelque chose en rapport avec la liste ?

— Non, ça n'a été le cas que le lendemain, quand ils ont trouvé également Carmine Gazza tué de la même façon, et l'inscription dans le tunnel des Armes.

— Quelle inscription ?

— C'est moi qui l'ai trouvée, et qui en ai parlé aux autres de la liste. J'étais passé à pied par le tunnel, pour aller à Muro, à un certain moment j'ai vu des signes tracés à la peinture blanche, il y avait d'écrit le jour de l'accident. Avant qu'on ne tue Catello et Carmine, ça n'y était pas, j'en suis sûr.

— Il n'y avait d'écrit que la date ?

— Non, il y avait un tas d'autres choses encore, mais vous devrez les lire par vous-même, car moi je ne sais lire que les chiffres : l'italien, j'ai appris à le parler à l'armée, pendant la Grande Guerre, mais les livres et la plume, c'est une autre affaire.

— À quel moment avez-vous commencé à avoir peur ?

— Pourquoi, vous n'auriez pas eu peur, vous ? On a tous fichu le camp ; d'abord pas très loin, et puis, ceux qui le pouvaient sont allés plus loin, comme Pasquale le Bohémien, qui a d'abord tournaillé par ici, avant de partir chez sa sœur, dans le Nord.

— Et vous ?

— Moi, je suis allé là-haut dans les montagnes, dans les endroits où l'on conduit les brebis l'été ; j'y suis resté planqué cinq mois, puis j'ai décidé que j'étais vieux et que mourir est moins fatigant que grimper et que dormir dans des cabanes.

— Pourquoi pensiez-vous que c'était moi l'assassin ?

— Parce que vous venez d'ailleurs, si le tueur était quelqu'un de Balvano, il m'aurait vite trouvé quand j'étais dans la montagne.

— Vous avez raison, en effet.

Il avait raison, l'assassin ne pouvait pas être quelqu'un de Balvano, sinon les choses se seraient déroulées autrement. Et s'il n'était pas de Balvano, ce pouvait être n'importe qui, n'importe où : un contrebandier exclu du jeu, un homme puissant offensé par une négligence, un quelconque parent de n'importe quelle victime, un fanatique qui voulait punir au nom de l'Italie les serviteurs infidèles de l'État. L'identité des victimes ne lui apprenait rien ou presque sur celle du bourreau. Quand accepterait-il de se rendre à l'évidence ? Chaque avancée vers la vérité l'éloignait de la solution : quand cesserait-il de marcher ? Encore, encore une fois, et puis on arrête ; comme les enfants, qui ne savent pas renoncer et qui finissent par se faire mal. Encore une fois ; la réponse est toujours un peu plus loin, comme dans une banale métaphore de la vie. Encore une fois ; parce que cette inscription dans le tunnel dira certainement quelque chose, quelque chose de plus que toutes les autres, quelque chose de plus que « ma vengeance pour toi ». Encore une fois ; parce que, en partant de l'endroit où tout a commencé, on parviendra à la fin.

— Vous m'accompagnez pour aller voir cette inscription dans le tunnel ?

— Descendez à la rivière par le sentier qu'il y a là-dehors, puis marchez jusqu'au pont de fer, à onze heures et demie passe le direct pour Brindisi, une fois qu'il est passé, grimpez jusqu'à la voie : j'y serai.

Il s'éloigna sans un mot de plus, et quelques instants plus tard Adelmo gagna la porte du cimetière et prit le sentier qui descendait.

Bon sang ce qu'il aimait la rivière ! C'était dans la rivière qu'il avait appris à nager, dans l'Orco à Chivasso. Les dimanches d'été tout le monde allait là-bas, par le train, lui, son père, sa mère et *barba motor*, le frère de son père, un mécanicien auto, qui changeait de fiancée chaque semaine. Son père le flanquait à l'eau ; elle était froide, mais ça faisait du bien, il avait le sentiment de pouvoir emmagasiner tous ces frissons pour le retour en ville, pour la nuit et sa chaleur étouffante, quand on dormait dehors, le matelas sur le balcon. On mangeait les *tomini* à la sauce verte, avec le pain acheté encore tout chaud le matin chez *monsù* Luigi, un litron de vin, mis à tremper pour le garder au frais, et pour lui une bouteille de *champagne dla bija*, de limonade, avec sa bille en haut de la bouteille. Puis il y était allé tout seul, se baigner dans la rivière ; à seize ans, à vélo, avec les copains, à se jeter des rochers les plus hauts pour impressionner les filles, à boire à la bouteille, comme les adultes. À la fin, son père était mort, finie la rivière, finies les sorties du dimanche. Le coup de feu d'un tireur d'élite depuis la tranchée autrichienne, et tout s'était arrêté, à commencer par sa jeunesse. Seul *barba motor* continuait à aller à la rivière, avec un peu plus de ventre et un peu moins de fiancées, mais toujours joyeux ; de temps en temps il passait à la maison pour les inviter à l'Orco, mais sa mère disait non : je suis malade, Adelmo doit rester là, il doit m'aider, ce n'est plus un enfant, c'est lui l'homme de la maison à présent.

Plus que trois heures jusqu'au rendez-vous avec le vieux Bastiano ; il commençait à faire chaud. Il ôta ses chaussures, releva le bas de son pantalon et s'assit sur une pierre pour mettre les pieds dans l'eau. Le courant n'était pas fort, mais produisait ce bruit continuel qui aidait à penser, à oublier et à s'oublier, là, dans ce désert de pierres que personne ne paraissait vouloir traverser.

Le direct de Brindisi passa sur le pont de fer dans un épouvantable fracas, Adelmo ouvrit les yeux et souleva la tête de son veston qui lui servait d'oreiller. Il s'était endormi au soleil et la peau du visage lui brûlait. Il laissa défiler une à une les voitures, celles de troisième classe, celles de seconde, celle de première, enfin il grimpa sur le ballast et atteignit les rails : Bastiano était là, comme promis.

— Tenez.

Il lui tendit une lampe qui portait la marque des Chemins de fer de l'État, et en garda une autre pour lui.

— Non, ne l'allumez pas encore, ici nous ne sommes qu'aux Quatorze Fenêtres.

Marchant sur les traverses, ils entrèrent dans une section couverte, qui cependant puisait son air et sa lumière par de grandes arcades donnant sur la vallée : Adelmo ne les compta pas, convaincu qu'il y en avait bien quatorze.

— Bastiano, vous êtes sûr qu'aucun train ne va passer ?

— Le direct de Brindisi, vous l'avez vu vous-même, celui de Naples passera ce soir, et le premier omnibus est à cinq heures.

— Et les trains de marchandises ?

— Ceux-là vont si lentement qu'ils ne font pas peur.

Il ne saisit pas bien le sens pratique de ces derniers mots, mais décida de faire confiance au vieillard : savoir combien de fois il avait dû parcourir à pied cette portion de voie ferrée, d'ailleurs ne l'avait-il pas fait lui aussi, marcher sur le pont de la voie Ciriè-Lanzo, entre Procaria et Ceres ?

Ils firent quelques mètres dans l'obscurité la plus totale, puis sortirent à l'air libre.

— C'est ici que, le jour de l'accident, on a trouvé le premier rescapé. Quand il a appris que le train n'était pas arrivé à la gare de Bella-Muro, le chef de gare a fait venir une locomotive de Romagnano, et on est montés avec elle : devant il y avait Mario, l'aiguilleur, derrière le mécanicien, le chef de gare et moi. Une fois passé les quatorze fenêtres, on a vu quelqu'un qui marchait sur la voie : il était tout sale et ne tenait pas debout, il a dit qu'il était le freineur du dernier wagon, et que le train s'était arrêté dans le tunnel. Puis il s'est évanoui.

La section découverte fut brève, suivie d'un nouveau trou dans la montagne.

— C'est là ?

— Non, ça ce sont les Trois Fenêtres. Restez à gauche, car à droite c'est le mauvais tunnel : ils l'ont creusé entièrement avant de s'apercevoir qu'il s'écartait de la ligne, c'est pourquoi ils en ont fait un autre.

Ils furent de nouveau dehors, sur un pont.

— Le voici.

Face à eux s'ouvrait l'entrée du tunnel. Adelmo le trouva encore plus étroit que ceux qu'il avait traversés en train : un boyau, une galerie de taupes dans les entrailles de la terre.

Ils s'approchèrent, sur le côté droit de l'entrée était écrit : « Tunnel des Armes, longueur 1966 m. »

— Quand on est arrivés ici, la fumée en sortait encore : il était sept heures du matin, ça devait faire au moins six heures que le train était arrêté, mais de la fumée sortait toujours. Trois d'entre nous qui avaient des masques à gaz sont entrés ; ils ont dit que l'air était jaune jusqu'à la hauteur du genou, ce n'est qu'au sol qu'il était plus clair, c'est pour cela que les seuls à s'en être tirés ont été ceux qui sont tombés au bas des wagons, les autres sont tous morts, le temps d'un amen.

— La fumée, c'est ça, elle vous tue sans que vous vous en rendiez compte.

— C'est vrai, songez qu'on en a trouvé un avec la cigarette dans une main, l'allumette dans l'autre. Un autre avait encore sa pomme dans la bouche, et une jeune fille était en train de remonter son bas, elle est restée ainsi.

Adelmo pensa encore à la cruauté du sort : non seulement une fin sans histoire, mais également l'outrage fait aux corps, figés une dernière fois dans l'intimité d'un geste privé et tragiquement exhibés au regard de tout le monde.

Ils s'engagèrent dans le tunnel et allumèrent enfin leurs lampes. Dans l'air stagnait encore la fumée du direct passé depuis plus d'une demi-heure. Adelmo en fut pris à la gorge et toussa. Quels avaient été les derniers instants pour ces cinq cents pauvres gens ? Il ne put s'empêcher de l'imaginer.

Le train entre dans le tunnel, devant, deux loco-motives, car une seule ne saurait suffire, derrière, les wagons : combien ? Certainement beaucoup, c'est un train de marchandises. Dans les wagons, une multitude de gens ; les uns allongés, les autres assis par terre ou sur des caisses, tous serrés d'une manière invraisemblable. De temps en temps, cer-tains se tournent, d'autres bougent, et les autres les insultent, jurent, car à chaque fois ils risquent de tomber. C'est la nuit, il est minuit ; être serrés les uns contre les autres permet au moins de lutter contre le froid, mais non contre l'obscurité. Dans le tunnel ou dehors, c'est la même chose, n'était cette fumée qui vous pénètre les poumons. Le train ralentit, la pente est forte : quand finira donc ce tunnel... on vient juste de l'entamer. Le train est presque à l'arrêt, il n'arrive plus à avancer : mon dieu, ça n'en finira jamais... j'ai les yeux qui me brûlent... pourquoi est-on à l'arrêt... j'ai peur... un peu d'air... maman. Le train est à l'arrêt, il siffle, un coup, peut-être deux, trois coups peut-être, et puis c'est le silence.

Adelmo revint au présent en apercevant une lumière, au loin.

— On en voit le bout, dit-il.

— Non, ça c'est le conduit d'aération mais, cette nuit-là, il n'a pas servi à grand-chose.

Ils marchèrent encore une vingtaine de minutes, presque sans parler, jusqu'à ce que Bastiano s'arrête et abaisse sa lampe.

— Tenez, regardez.

« ITALIA 3 MARS MA VENGEANCE POUR TOI. »

Aucune variante, aucune fantaisie. Rien de nouveau. Les lettres, tracées à la peinture blanche, révélaient les mêmes traits hésitants que les inscriptions au crayon sur le mur de la maison de la via Carlo Noè ; on ne pouvait pas parler d'une même écriture, mais assurément de la même main.

Adelmo voulut s'approcher encore un peu, mais il trébucha sur quelque chose ; il tâtonna de la main.

— Nom de Dieu !

Ç'avait été une piqûre profonde et inattendue ; il posa sa lampe par terre, et dans le cône de lumière apparut un bouquet de roses desséchées et recouvertes de suie.

— Elles étaient déjà là quand vous avez vu l'inscription pour la première fois ?

— Oui, elles étaient fraîches.

Cela changeait tout, Adelmo ne saisissait pas bien pourquoi, mais il sentait que ce bouquet de fleurs changeait tout. Ma vengeance pour toi, une vengeance pour l'Italie d'accord, mais voilà que le patriote fanatique devient tout à coup romantique et qu'il dépose un bouquet de roses sur le lieu de la tragédie ; des roses, non pas des chrysanthèmes, non pas des fleurs des champs, mais des roses. La poussière qui recouvrait les pétales en faisait une petite masse grise, mais, il en était sûr, à l'origine elles avaient été rouges. Un patriote romantique et amoureux de son pays ? Difficile à croire. Un vengeur, un amoureux, un fou, peut-être bien les trois à la fois.

À la lumière de sa lampe, Adelmo chercha d'autres indices, d'autres signes ou d'autres objets qui lui parlent de l'assassin, mais il ne trouva rien.

— Je crois que j'ai tout vu, nous pouvons rentrer.

— Avez-vous trouvé quelque chose d'intéressant ?

— Je ne crois pas.

Mais, au fond de lui-même, il espérait qu'il en aille tout autrement.

Ils n'avaient fait qu'une centaine de mètres lorsque le bruit commença à retentir, mécanique et animal tout ensemble. Un bruit de bielles et de pistons, une respiration rythmée de vapeur. En un instant il remplit le tunnel. Un bruit de roues sur les rails et un crissement de freins.

— C'est un train de marchandises, vite.

— Rejoignons le conduit d'aération !

— Pas le temps, il vient de Potenza, il est en descente. Courez !

— Où ?

— Suivez-moi, Sainte Vierge !

Le fracas derrière eux montait. Une fois la locomotive sur eux, aucune issue, aucun espace entre la machine et les parois du rocher.

Ils couraient, et leurs lampes projetaient sur la voûte d'insensés jeux de lumière.

Un coup de sifflet, le mécanicien les avait peut-être vus, peut-être freinait-il. Non, la légère courbure du tunnel les rendait invisibles. Les trains de marchandises étaient lents, mais à quel point ? Suffisamment ?

Ils couraient, avec l'essoufflement de leur âge. Derrière, le souffle de la locomotive se faisait de plus en plus pressant.

— C'est là, venez.

Bastiano disparut, comme avalé par la paroi, Adelmo le suivit.

— Je vous l'avais bien dit qu'avec les trains de marchandises on a toujours le temps.

Ils étaient dans l'une des niches creusées dans le rocher pour fournir un refuge aux ouvriers de la manutention. Bastiano était au fond, Adelmo devant, aplati contre lui. Le bruit maintenant était assourdissant. Il vit le phare de la locomotive, il était tout près ; puis il ne vit plus rien, il sentit seulement la vapeur lui brûler le visage et les bras, et puis le tourbillon de l'air entraîné par les wagons qui passaient à quelques centimètres de lui dans un grondement qui lui pénétrait jusqu'aux tripes.

Ils regardèrent s'éloigner le fanal rouge de queue et attendirent longtemps avant de bouger, même si à présent le tunnel était plus sûr qu'auparavant.

Ils sortirent à l'air libre, sur le pont, baignés de sueur et sales comme s'ils avaient été sur le tender à pelleter le charbon. Puis ce furent de nouveau les Trois Fenêtres, le ciel ouvert, les Quatorze Fenêtres et enfin le pont de fer. Ils descendirent tous les deux au bord de la rivière.

— Ici, vous, vous rentrez par votre chemin, moi par le mien.

— Encore un service, Bastiano.

— Je vous écoute.

— Voudriez-vous me montrer à nouveau votre liste ?

— Tenez.

Adelmo relut attentivement les noms.

— Gazza Carmine, Monticone Giovanni, Murante Catello, Pepe Pasquale et Piracci Raffaele sont morts, mais que savez-vous des autres ? De Ferraris Bartolo et de Serpellini Amos.

— À mon avis, ils pourraient être morts eux aussi, ou peut-être sont-ils devenus millionnaires, ou se sont-ils enfuis à l'étranger. Je connaissais un peu Serpellini, mais il ne m'était pas sympathique ; c'était un communiste, du Nord il avait été assigné à résidence à Muro, où il était resté jusqu'à la fin de la guerre, puis il est reparti dès mai 45, peut-être que lui, de la liste et de tout le reste, il ne sait rien. De Ferraris, je sais seulement qu'il était lui aussi de la haute Italie ; il parlait un peu comme vous, très lentement et avec des « ê » longs comme des carêmes, un jour il m'a parlé de ses parents qui avaient une ferme et qui cultivaient le riz. Selon moi, lui aussi est rentré dans son village.

Il lui rendit le papier :

— Merci.

— De rien.

— Autre chose.

— Encore ?

— La dernière, je vous le promets.

— Bon, d'accord.

— Ce matin, vous m'avez dit que les documents sur l'accident sont dans le local de la Section, et que, de temps en temps, vous y faites de petits travaux.

— Oui, et alors ?

— Cette nuit, vers minuit, pourriez-vous m'ouvrir le local ? J'aimerais voir ces documents.

— Non.

— Mais si je trouve l'assassin, vous avez tout à y gagner, Bastiano !

— Non, je ne veux pas avoir d'ennuis avec les carabiniers, ni avec...

— Avec qui ?

— Ça n'a pas d'importance, mais moi cette porte je ne vous l'ouvrirai pas. Et puis d'abord je ne suis pas le seul à savoir que la clé du local de la Section est toujours là-bas glissée dans le porte-drapeau à côté de l'entrée, beaucoup le savent qu'elle est là.

— Merci, Bastiano, j'espère découvrir qui a tué vos amis.

— Je l'espère moi aussi. Si vous le découvrez, faites-le-moi savoir, comme ça je pourrai peut-être recommencer à vivre.

— Promis, dit-il, et il pensa à toutes les personnes, à commencer par lui-même, auxquelles il avait déjà fait cette promesse.

Adelmo arriva à l'hôtel en marchant sous le soleil au zénith. Le village était désert, ainsi que l'hôtel : dans cette chaleur africaine, tout le monde se reposait. Sous la tonnelle, la femme qui l'avait servi la veille au soir était assise sur une chaise, les cheveux défaits, la robe à fleurs relevée au-dessus du genou, la poitrine plus découverte que jamais. Adelmo la regarda, oubliant à l'instant ce qu'il s'était préparé à demander au patron. Elle lui sourit.

— Vous voulez manger quelque chose ?

— Oui, s'il vous plaît, mais d'abord je voudrais passer un coup de fil, avez-vous le téléphone ?

— Certainement. Venez, je vous accompagne.

Ils passèrent derrière le comptoir et se faufilèrent dans un réduit qui s'ouvrait juste derrière, abrité des regards par un rideau fait de cordons de chenille.

— Le voilà, téléphonez donc, je vais vous préparer une salade avec des tomates et du fromage.

Comme elle sortait de cette espèce de corridor étroit, leurs corps se frottèrent l'un contre l'autre, et Adelmo eut l'impression d'être revenu dans son rêve.

Il appela le standard.

— Bonjour, je voudrais le quatre sept cinq sept un à Turin... oui, quatre sept cinq sept un, Turin... je reste en ligne, d'accord.

À cette heure-là, l'encombrement était faible et il eut la communication au bout de deux minutes.

— Allô, le cabinet de Me Galimberti ? Je voudrais parler à Berto, de la part de Baudino... Il n'est pas là ? À la montagne, d'accord... À Bardonecchia ?... Non, lundi ce sera trop tard, je vais essayer avec un télégramme. Merci.

Malédiction. Il retourna à la hâte sous la tonnelle.

— Où est le bureau du télégraphe ?

— Dans la rue juste au-dessous, à même pas cinquante mètres.

— Merci.

— Et votre salade ?

— Laissez-la ici, je reviens tout de suite.

Il arriva au télégraphe et se fit remettre un formulaire et un crayon.

Cherche adresse Ferraris Bartolo probable cheminot district Vercelli STOP *Sinon Vercelli essaie autres districts Piémont* STOP *Avertis-le danger mort* STOP *Cherche renseignements Serpellini Amos aucune information* STOP *Adelmo.*

Il indiqua l'adresse de la maison de montagne de Berto, celle de Bardonecchia, remit le formulaire au télégraphiste et en demanda un autre : sa mère aussi, après tout, avait droit à quelques nouvelles.

Tout va bien STOP *Arrive dans quelques jours.*

À la remise du second formulaire, le premier télégramme avait déjà été tapé ; l'employé regarda Adelmo avec méfiance, mais désormais peu lui importait, l'important était de sauver ceux qui pouvaient encore l'être.

Adelmo rentra à l'hôtel, mangea sa salade et alla se reposer en attendant la nuit.

XIV

Balvano, 30 juin 1946. Dimanche

Deux coups. Adelmo avait préféré attendre jusqu'à deux heures que les rues du village se vident des derniers ivrognes du samedi soir et que les carabiniers aient fini leur ronde.

Pendant ce temps, éveillé et tout habillé dans son lit, il avait pensé aux morts et aux vivants, à condition qu'il en reste. Il avait essayé de reconstituer à sa manière cette série de meurtres.

Le 8 décembre 1945, un homme arrive à Balvano, venant on ne sait d'où. Un homme ? Une femme ? Un groupe de personnes ? Allons donc ! Un homme, disons un homme, il arrive à Balvano et va fouiller dans le local de la Section ; il force la porte, donc il ne connaît pas l'histoire des clés dans le porte-drapeau : à l'évidence, ce n'est pas quelqu'un du coin, ou alors, à cette époque, on ne mettait pas les clés là. Cependant il sait que les documents sur l'accident sont là : qui le lui a dit ? Peut-être quelqu'un de la commission d'enquête, peut-être quelqu'un d'autre de l'extérieur, disons de Naples ou de Rome : s'il avait demandé à des gens du village, il se serait fait remarquer, mais au contraire Bastiano n'en sait rien, ce qui signifie que personne ne l'a jamais vu ici. L'inconnu lit les papiers, y compris la lettre anonyme avec la liste, et se persuade que la catastrophe ferroviaire a des coupables, mais il le croyait probablement déjà auparavant. C'est à ce moment-là que commence sa vengeance. Pour venger qui ? L'Italie. C'est un fou, on peut le penser, un fou meurtrier. Il tue Catello Murante et Carmine Gazza, les deux plus proches ; Bastiano Verdoliva lui échappe pour une raison quelconque. Mais qui lui a désigné ses victimes ? Qui lui a dit où les trouver ? Il doit avoir un complice à Balvano. Qui ? Celui avec lequel Bastiano ne veut pas avoir d'ennuis ? Quoi qu'il en soit, il tue les deux hommes qui habitent le plus près, puis va dans le tunnel pour écrire la signification de ces meurtres et y déposer des fleurs. Les deux faits ne s'accordent pas bien : il tue comme un fanatique mais dépose des roses comme un amoureux. Et d'abord, pourquoi écrire ? Avec Berto, ils avaient imaginé que c'était par mépris, comme le faisaient les fascistes du 10e, mais était-ce bien cela ? Les autres de la liste s'affolent et s'enfuient, mais il les suit ; il se renseigne et les débusque. Comment fait-il ? Mystère. Ce qui est sûr, c'est qu'il utilise un critère strictement géographique : d'abord ceux de Balvano, ensuite Piracci, qui s'est réfugié à Naples, enfin ceux du Nord. Comme quelqu'un qui voyage dans le Sud pour son travail et qui veut conclure le maximum possible de bonnes affaires avant de rentrer chez lui. Il essaie d'assassiner le plus de gens qu'il peut tant qu'il est dans le secteur de Balvano, puis se déplace dans la région de Turin et tue Monticone et Pepe. Si Ferraris est bien de Vercelli, la prochaine fois ce sera son tour ; espérons que Berto lira tout de suite le télégramme ! Quant à l'autre, Serpellini, savoir où il est. Mais pourquoi ce malade veut-il venger l'Italie ? Et pourquoi de cette façon ?

Adelmo se persuada, une fois de plus, que les réponses pouvaient se trouver parmi les documents du local de la Section.

Deux coups. À présent il était prêt. Il ouvrit la fenêtre et espéra s'être bien souvenu de la hauteur jusqu'au sol, car la nuit était sans lune et on n'y voyait goutte. L'air était frais. S'agrippant fermement au rebord intérieur, il se laissa glisser jusqu'à ce que ses pieds rencontrent le toit des cabinets, provoquant un léger bruit de tôle. De là jusqu'au sol, il ne pouvait pas éviter le saut, mais ce ne devait pas être très haut : chaque fois qu'il était allé pisser, il s'était cogné la tête. Il sauta et roula sur le côté, et sentit une douleur à la cheville, mais rien qui puisse l'empêcher de marcher.

Il y avait un peu de vent, et le battement d'un volet mal fermé était le seul bruit qu'on entendait le long du sentier qui depuis l'hôtel descendait vers le centre du village. Le local de la Section, le voilà, caractéristique, en dépit de la suppression des faisceaux de licteur parmi les ornements de la façade. Le porte-drapeau, la clé, la porte. Il regarda autour de lui, personne. Il ouvrit et referma. Il frotta une allumette et alluma un cierge qu'il avait volé la veille dans l'église. Un couloir, sur la droite une pièce encombrée de tout le matériel politique : chaises, banderoles, haut-parleurs en forme de trompettes, pancartes, cocardes tricolores, drapeaux, uniformes fascistes, tracts de propagande monarchiste pour le référendum : de vieilles choses, prêtes à redevenir neuves au premier retournement. La pièce de gauche servait en revanche de salle de travail : un bureau au centre, en bois clair, au plan de cuir vert entaillé en plusieurs endroits ; sur le mur du fond, un meuble à compartiments, également de bois clair, ainsi que deux chaises tournantes, une petite table dactylo avec dessus une lampe et une Olivetti M40. Cela rappela à Adelmo son bureau d'Inspecteur de première classe des Chemins de fer de l'État, et le cafard lui serra la gorge.

Le bureau était débarrassé et, dans le meuble, les compartiments vides étaient nombreux : il lui suffit d'une très brève exploration, à la lumière du cierge, pour repérer les deux dossiers qui portaient sur la tranche la mention « Train 8017 ». Il prit la lampe de la petite table et la posa par terre, sous le bureau ; il en orienta l'abat-jour vers le bas et l'alluma, puis se blottit là-dessous et entreprit d'examiner les documents. C'étaient des témoignages, des inventaires, des listes, des accusations, des défenses, des rapports aux Autorités de la Sûreté nationale ; certains originaux, la plupart des copies carbone sur des vélins très fins.

Adelmo aurait voulu tout lire, tout comprendre, mais le temps pressait, il fallait parcourir rapidement le contenu et ne retranscrire que ce que son intuition lui signalait d'important. Il espérait que son intuition se révélerait moins désastreuse que par le passé, et prit un carnet tout neuf acheté à Naples et son vieux crayon.

... le train à minuit devait s'arrêter sous le tunnel en question excès de fumée les voyageurs qui étaient dans le train ils mouraient asphyxiés à cause de l'excès de fumée y compris ma femme et mon fils qui venaient de Naples pour laquelle ils avaient remis à la Mairie un certificat médical où, vu ma maladie, qu'elle était pas en situation de prendre son service auprès de la Propreté municipale...

Déclarations et communications — nota Adelmo — remises en 1944 au Procureur du Roi près du tribunal de Potenza.

... je venais de Naples avec une valise contenant quarante mètres de toile à matelas, sept mètres de tissu vert pour femme, quatre paires de chaussettes trois pour homme et une pour femme pour usage matrimonial ayant une autorisation en règle délivrée par la commune de Barile. Laquelle marchandise a été abandonnée et perdue par le soussigné, il demande la restitution de la marchandise...

Un rescapé ; voilà, l'assassin pourrait être un rescapé, mais non point celui-là qui n'a perdu que sa marchandise, quelqu'un qui a perdu davantage.

Le fascicule suivant contenait les déclarations des cheminots :

... quand il est arrivé à la gare de Battipaglia, le 8017 était tracté par une autrichienne, c'est ainsi qu'on appelle les locomotives cédées à l'Italie comme réparations après la Grande Guerre, si je m'en souviens bien c'était la 476.038 ; nous avions une autre machine à envoyer à Potenza, la 480.016, et ainsi nous l'avons mise en tête du 8017, en double traction, car la 476 n'aurait pas pu tracter toute seule les quarante-sept wagons du train...

Quarante-sept wagons, quarante-sept wagons pleins de pauvres gens, tous morts, ou presque.

... le train 8017 est parti de Balvano à 0 h 50, le 3 mars 1944. Dès qu'il a quitté la gare, j'ai envoyé le signal « parti » à la gare de Bella-Muro, et j'attendais de recevoir le signal « arrivé » au bout d'une demi-heure, mais deux heures plus tard le signal de Bella-Muro n'était toujours pas parvenu. J'ai demandé à Romagnano d'envoyer une voiture, mais elle n'est arrivée qu'à 6 h 32, et dès ce moment-là nous sommes partis à la recherche du 8017 en craignant le pire.

Et le pire s'était effectivement produit.

... quand nous sommes entrés dans le tunnel, le train peinait déjà dans la montée, à un moment donné la force de traction a manqué et le train a commencé à reculer, je crois que c'est alors que les freineurs des derniers wagons ont serré les freins, peut-être redoutaient-ils la rupture, mais le train était encore entier. Le mécanicien de la 476 avait envoyé ses coups de sifflet à ceux de la 480 pour qu'ils inversent la marche, mais peut-être que les freineurs ont compris que ces coups de sifflet

185

étaient le signal de freiner, et donc, quand les machines ont démarré pour revenir en arrière et amener le train à l'extérieur du tunnel qui se remplissait de fumée, elles ont trouvé les wagons freinés et le train s'est bloqué. La fumée m'est montée à la tête et je suis tombé au sol ; quand je me suis réveillé, j'étais étendu sur le trottoir de la gare de Balvano...

Petits malentendus mortels.

... nous avons essayé de tracter le 8017 avec la machine montée de Romagnano, mais nous n'y sommes pas parvenus ; alors ceux qui avaient un masque à gaz sont entrés et ont débloqué les wagons arrêtés. Quand nous nous sommes mis à tracter, les roues des wagons ont commencé à sauter et ont continué comme cela jusqu'à Balvano : les locomotives avaient probablement cherché à pousser en arrière les wagons freinés, et les roues s'étaient écrasées, car les deux machines nous les avons trouvées avec la manette sur marche arrière...

Le carnet d'Adelmo se couvrait de notes ; c'était maintenant le témoignage d'un ingénieur.

... la 476 comme la 480 sont des locomotives adaptées aux sections en pente, elles sont lentes, mais elles ont une grande force de traction, en outre, selon les premiers secouristes, les sablières étaient pleines. La double traction de la 476 et de la 480 aurait donc dû assurer le franchissement du tunnel, qui grimpe ici avec une pente de treize pour mille. Il reste à voir si le chargement n'était pas excessif, et à ce propos les témoignages divergent : il y en a qui parlent de six cents personnes, d'autres

186

de sept cents, certains soutiennent même qu'elles étaient plus de huit cents, pour la plupart des contrebandiers. Certes, si la charge avait été aussi élevée, elle aurait certainement pu causer un ralentissement significatif, mais pour moi la cause principale a été la mauvaise qualité du charbon utilisé. En d'autres occasions déjà, nous avons dû constater une importante baisse de puissance des machines alimentées avec ce charbon ; il s'agit d'une grande quantité provenant des Balkans que le Commandement allié nous impose d'utiliser malgré nos protestations, et bien que son taux élevé de soufre le rende hautement nocif, je veux donc, à cette occasion, protester formellement et dénoncer le fait que le Commandement allié...

Suivaient deux autres lignes biffées à l'encre noire, puis le témoignage s'arrêtait.

L'assassin avait-il lu les affirmations de l'éminent ingénieur ? S'il les avait lues attentivement, peut-être aurait-il été moins pressé d'attribuer la faute aux « cheminots malhonnêtes, complices des contrebandiers », comme le disait la lettre anonyme. Mais, au fond, la vengeance ne réclame que des justifications minimes, elle ne réclame qu'un prétexte quelconque pour se déchaîner. La vengeance ne punit pas les vrais coupables, la vengeance ne punit personne, elle apaise la douleur de quelqu'un et verse du sel sur les plaies des autres. Trente Italiens pour chaque Allemand, dix ou vingt Partisans pour chaque républicain, ce n'est pas de la stratégie, ni de la dissuasion, c'est de la rage, de la rage insensée.

Mais pourquoi, chaque fois qu'il pensait à l'assassin, l'imaginait-il nazi ou républicain ? Flair, ou simple haine non encore dissipée ?

Il regarda l'heure : trois heures et quart. Il fallait faire vite, il ne voulait pas même imaginer ce qui se serait passé si on l'avait surpris.

Son regard retourna vers ces lignes barrées à l'encre : on ne pouvait pas dire du mal des Américains. Vingt-trois années de censure, et voilà que l'histoire se répétait : gare à qui contredisait les Américains, le monde était à eux maintenant, et c'était un monde qui ne lui plaisait pas, peut-être que le monde de Staline était meilleur, mais en ce dernier non plus il n'avait guère confiance.

Il passa à un nouveau fascicule : « Liste des objets trouvés sur des personnes non identifiées ».

... de sexe masculin, non identifié. Âge apparent vingt-cinq ans. Veste capote militaire gris-vert, une seconde capote américaine, écharpe blanche en laine autour du cou, chaussures militaires, pantalon gris foncé. Objets trouvés 600 lires... femme âge soixante ans environ, robe noire, cheveux blancs, elle porte un médaillon de jeune fille qui ne lui ressemble pas. 143 lires... de sexe féminin, non identifiée. Âge apparent vingt-huit ans environ, cheveux châtains, vêtement bleu et chemisier à fleurs. État intéressant. Objets trouvés : un grand mouchoir avec drapeau à croix gammée et une photographie... homme non identifié habillé en marin âge apparent vingt-quatre ans. Il a sur lui une lire ancienne, deux flacons de teinture « nero folletto », un couteau... homme d'âge apparent seize ans, un

billet de chemin de fer avec indication Scafati. Il a sur lui une photographie qui ne lui ressemble pas... sexe féminin, non identifiée. Âge apparent quinze ans environ, jupe longue et chaussures bleues avec une écharpe rayée rouge et noir autour du cou, cheveux châtains, stature normale. Objets trouvés un stylo plume...

Et si la réponse à tout cela était nichée juste là, parmi ces objets ? Peut-être une bague précieuse, un bijou de famille, une chevalière, une indication quelconque. Et si les fleurs du tunnel étaient destinées à la mémoire de la femme enceinte ? Oui, celle de vingt-huit ans, avec le drapeau nazi dans la poche ; on pourrait tout expliquer : tout et rien, étant donné qu'elle n'a pas été identifiée.

Bagages et autres marchandises : six cuillères et six fourchettes en métal, une cuvette en aluminium, deux bobines de fil noir, une bouteille de pétrole, 5 kg de petits clous à chaussures, une paire de caleçons toile blanche, une chaussure américaine jaune, 13 paires de chaussures de femme, une paire de souliers militaires usagés, 2 rosaires, une paire de chaussures neuves anglaises, une capote militaire gris-vert avec un insigne universitaire, trois seaux à eau en zinc neufs, 6 paires de bandes molletières gris-vert usagées, 3 kg de vert-de-gris, 300 grammes de vieille semelle, une passoire, un matelas de paille, un soutien-gorge, 80 pelotes de ficelle pour cordonnier, 9 sous-ventrières en toile pour chevaux, trois tabliers de femme en toile de tente, un petit mors de cheval, 2 quarts américains, trois paires de caleçons de gymnastique, de vieux chiffons, trois épingles à cheveux, 4 couches, 5 cols pour homme, 100 petits paquets de papier à cigarette, 21 cuillères en étain et 8 fourchettes en étain, deux paquets de saponine, trois vieux bonnets, trois vieilles chaussures, 3 bidons d'huile, une vareuse gris-vert usagée avec le grade de caporal, une paire de guêtres, un bandage herniaire, 5 pinceaux à badigeonner, un lange pour nouveau-né, un bonnet pour nouveau-né, environ 500 grammes de colle de poisson, des morceaux de corde, 10 tubes de teinture, un collier de cuir pour chevaux, deux sacoches en cuir de motocycliste, de la grosse laine à matelas.

Ni chevalière ni bijou, uniquement des affaires de pauvres gens, des affaires à troquer contre quelque chose à manger, ou quelques cigarettes. Cependant il avait tout noté, scrupuleusement.

Un bruit.

Il éteignit la lumière, le cœur battant.

Un cri.

Non, l'appel amoureux d'un chat.

Il ralluma la lampe clandestine et feuilleta les papiers restants. Il se faisait de plus en plus tard, et impossible de dire lesquels étaient importants, lesquels ne l'étaient pas.

Des factures payées ou non, des recours : la vengeance pouvait venir de là aussi.

Il décida de s'attarder sur la liste des victimes identifiées. La recopier, hors de question : cinq cents noms, cinq cents adresses, depuis Avvisato Pasquale, 64 ans, de Torre Annunziata, à Zulio Teresa, 47 ans, de Resina. La lire, la lire seulement, en quête d'un indice, d'un nom au-dessus des autres ; le nom important, connu, redoutable, pour lequel tuer quelqu'un sous le signe de l'Italie avait du sens.

Les données, tirées de documents qui n'étaient pas forcément à jour, étaient infimes : le nom, le prénom, l'âge, l'adresse parfois ; et pourtant, derrière le maigre ensemble des informations d'état civil, Adelmo avait le sentiment d'entrevoir des histoires accomplies et interrompues, de saisir des instants de vie. Où Arnese Vincenzo allait-il ? Il était si loin de son 40e bataillon de gardes-côtes ; s'il était resté auprès de son bataillon, la mort l'aurait-elle frappé quand même ? Justement, la mort ; les légendes racontaient que, votre heure venue, la mort vous attend partout, mais si l'un de ces malheureux n'avait pas pu monter dans ce train, si les autres en avaient repoussé l'assaut, si la chaîne du vélo ou une entorse à la cheville l'avaient empêché d'arriver ponctuellement au rendez-vous avec le convoi, si en jurant il avait vu s'éloigner le fanal rouge du dernier wagon, si un seul de ces faits s'était produit, la mort l'aurait-elle vraiment attendu ailleurs ? Peut-être aurait-il dit que ce n'était pas son heure, peut-être aurait-il brûlé un cierge à saint Janvier, aurait-il fait peindre un ex-voto et l'aurait-il fait accrocher dans une église. Si par hasard, pour une raison quelconque, le 8017 ne s'était pas arrêté à la gare de Portici-Ercolano, l'église paroissiale de Resina aurait été submergée de petits tableaux votifs : par une page de cette interminable liste qui ne portât au moins un nom d'un habitant de Resina, hameau d'Ercolano, selon l'inscription figurant au début de la liste. Mais aucun imprévu n'était intervenu à leur secours et — imagina-t-il — chaque maison de ce village avait pris le deuil.

Et que dire de ceux de Muro Lucano : quelques kilomètres à peine et ils étaient rentrés chez eux, sains et saufs. Il imaginait leur joie ; le voyage se terminait et ils avaient enfin les chaussures dont ils manquaient depuis des mois, des chaussures américaines, obtenues à Naples en échange de quelques boîtes de conserve ou de fromage. Ils avaient compté les gares : Buccino, Ponte San Cono, Romagnano, Balvano ; nous arrivons, la prochaine c'est la nôtre. Puis ils avaient compté les tunnels : les Quatorze Fenêtres, les Trois Fenêtres, le pont, ça y est, elle est finie, cette maudite nuit remplie de fumée, de froid et de saleté, ça y est, Antonietta, nous voilà à la maison.

Basso Teresa, de Boscoreale, 17 ans. À dix-sept ans, vous imaginez tout, vous rêvez d'amour, peut-être dans les bras d'un des libérateurs, vous rêvez de vivre comme les divas du cinéma que vous voyez dans les magazines illustrés, mais vous ne pensez pas crever dans la fumée d'un tunnel, ça non, vraiment pas. Et Bianco Giuseppe non plus ne le pensait pas ; Bianco Giuseppe de Battipaglia, 19 ans, fromager.

Il ressentait la douleur de la dérision, de la mort qui survient au moment où le bonheur se dessine. Il aurait voulu trouver parmi ces noms les traces d'un malheur profond, irrémédiable, quelqu'un pour qui au fond cela importait peu de mourir ; peut-être y avait-il eu, dans ce train, quelqu'un pour qui la fin aurait été un soulagement, mais la liste ne permettait pas de le savoir et, bizarrement, il était plus facile d'imaginer les joies brisées. Camelia Alfonso, de Minori, né le 3 mars 1912 et mort le 3 mars 1944, le jour de son anniversaire ; Gammella Antonio, de Portici, mort le jour de son vingtième anniversaire. Palomo Michele, carte du Parti communiste de Naples n° 03395 ; c'était l'heure où l'on espérait des temps nouveaux : une heure finie trop tôt pour lui et seulement un peu plus tard pour les autres.

À la lecture de ces noms, en inventant ces histoires, il comprenait comment on pouvait résister à une guerre, comment on pouvait ne pas céder sous le poids des morts, des milliers, des millions de morts. Il comprenait que le nombre ne mesurait pas le désespoir : cinq cents victimes ou une seule, cela ne changeait rien, non pas que le malheur de beaucoup réduisît celui de chacun, mais parce que au contraire la douleur de chacun était déjà aussi vaste que l'univers, et qu'ajouter l'infini à l'infini ne modifiait en rien la tragédie.

Narvella Giacomo, 18 ans, de Salerne, via Fratelli Bandiera, 2, rôle militaire classe 1925 : dans quelle guerre aurait-il combattu ? Sur qui aurait-il tiré ?

Il parcourut la liste jusqu'à la lettre *z*, puis recommença, à rebours, avec l'espoir que quelque chose lui avait échappé. Encore une fois, rien qu'une fois : l'enfant ne s'avoue pas vaincu, il veut chercher encore, il juge impossible que tous ces sacrifices faits jusque-là s'envolent, juste parce qu'il n'aurait pas essayé une fois de plus. Lire, relire, blotti sous le bureau, à la lumière de cette lampe à l'abat-jour vert. Lire, relire, de la fin au début : Luna Giuseppe, Luongo Salvatore, Lombardo Laura, Lombardi Antonio, Locatelli Italia...

Locatelli Italia, le voilà le prénom ! Il s'était concentré sur les noms de famille, mais la solution était dans le prénom : Italia. Locatelli Italia, pour toi un homme a déposé des roses au fond d'un tunnel, pour toi il a tué, pour venger ta mort, dans ce train. Locatelli Italia, 21 ans, Bergame, via Gombito, 15. Et la recherche repart ; une fois de plus.

De la fenêtre, dépourvue de volets, commençait à entrer la lumière gris-bleu de l'aube ; il était temps de s'arrêter, il avait trouvé ce dont il avait besoin, à présent, hop ! on file.

Il rangea les papiers dans les chemises et les remit à leur place, la première dans le compartiment du haut, la seconde plus bas, à côté du dossier à la tranche jaunâtre, celui où était écrit « Membres P.N.F. Balvano et Ricigliano ».

Maudite curiosité ! Il était tard, mais il l'ouvrit malgré tout. Les voilà les fascistes, ou du moins ceux qui, pour une raison ou pour une autre, avaient pris leur carte. Il y avait une feuille pour chacun d'eux, une feuille blanche, sans en-tête, nom, prénom et adresse tapés à la machine et, dans le coin en haut à droite, collée, la photo. Il feuilleta la chemise : Avventurato... Barbarisciano... Bozzuolo... Carnemolla... Gazza. Gazza Carmine, le deuxième à être tué. Il chercha Murante Catello, le trouva, mais pas de Verdoliva Sebastiano. Voilà comment l'assassin avait procédé pour reconnaître ses premières victimes sans rien demander à personne ; dans ce fichier, il avait tout ce dont il avait besoin : pour une fois, la carte du parti n'avait pas été si utile.

De dehors lui parvint un bruit métallique rythmé et régulier. Impossible de se tromper, ce n'était ni le vent ni un chat en rut. Un bruit de clarines. Adelmo s'aplatit contre le mur sur le côté de la fenêtre et épia la route : au milieu avançait un homme en claudiquant, un bâton dans une main, dans l'autre deux seaux qui s'entrechoquaient à chaque pas ; il se souvint des propos de Bastiano, c'était Vincenzo l'estropié qui allait traire les chèvres.

Il finit de ranger, à la hâte ; le dossier à sa place, la lampe sur la petite table, la chaise rapprochée. Il ouvrit doucement la porte, juste entrebâillée : dehors, personne encore. Il sortit, ferma deux tours, la clé dans le porte-drapeau et fila, presque au pas de course, vers l'hôtel. Par bonheur, personne là encore. Dans la cour, une caisse de bière lui servit d'échelle pour grimper sur le toit des cabinets, puis la chambre, les volets fermés, les fenêtres aussi et enfin le lit, pour se reposer deux heures avant le long voyage, car à présent il pouvait rentrer.

XV

Le dernier tronçon, entre Moncalieri et la gare de Turin Porta Nuova, il l'avait effectué debout, devant la portière, comme s'il avait voulu sauter du train en marche pour ne pas perdre une seule seconde. Il était de plus en plus certain de sa théorie sur les déplacements de l'assassin : c'était quelqu'un qui agissait par zones ; il faisait le maximum de travail dans l'une, avant de passer à une autre. Balvano finie, Naples finie, Turin finie, au tour à présent de l'autre Piémontais, en admettant que Serpellini ne le soit pas lui aussi.

Il avait téléphoné à Berto l'après-midi précédent, juste avant de quitter Naples : dès réception du télégramme, ce dernier était rentré chez lui et avait entamé les recherches sur Ferraris, mais jusque-là sans résultat. Ils avaient convenu que Berto l'attendrait à la gare : tous les malentendus, toutes les équivoques seraient dissipés plus tard.

Adelmo ouvrit la fenêtre et, ignorant l'interdiction, se pencha le plus qu'il put : Berto était là, juste à l'endroit où son wagon-lit allait s'arrêter.

— Bon retour.

— Content de te retrouver. Des nouvelles ?

— Sur Serpellini, rien, mais j'ai trouvé Ferraris.

— Vivant ?

— Pour autant que je sache, oui.

— Comment as-tu fait ?

— Je suis resté pendu au téléphone et j'ai appelé ceux que je connaissais au district de Vercelli, eux en ont appelé d'autres, puis d'autres encore, et il y a de cela deux heures on a téléphoné à l'étude : Ferraris n'est plus cheminot, il s'est reconverti dans l'agriculture et habite une ferme du côté de Santhià. On va reconduire ta mère chez elle, et puis on y va, en voiture.

— Ma mère ?

— Oui, elle est là au bout du quai qui nous attend.

— Comment ça se fait ?

— Je suis passé lui dire que tout allait bien et que j'allais te chercher, et elle a voulu venir : « Au moins que je puisse le voir, ce bohémien », voilà ce qu'elle m'a dit.

Ils étaient presque à la hauteur de la locomotive et Adelmo, regardant parmi la foule en attente, aperçut immédiatement le visage dur de sa mère.

— Salut, maman.

— Ah, tu te souviens encore d'en avoir une, tant que tu l'as, bien entendu, car dans pas très longtemps je te débarrasserai de ce problème, et comme ça tu n'auras plus à t'en soucier.

197

— Mais je t'ai envoyé un télégramme avant-hier.

— Justement, un télégramme, j'ai failli mourir de frayeur. Les télégrammes, c'est pour annoncer les malheurs ; quand on va bien on reste chez soi, où l'on peut être utile. Dire juste « je vais bien », ce n'est pas suffisant, il faudrait savoir si les autres aussi vont bien, et non pas seulement lui, ce petit monsieur. La charité commence par chez soi !

— On y va, dit Berto cherchant à mettre un terme aux récriminations, la voiture est de ce côté, via Sacchi.

— Oui, dépêchons-nous, il n'est pas dit que ce ne soit pas déjà trop tard.

— Il est à peine arrivé qu'il court déjà. Allez-y, allez-y, inutile de me raccompagner.

— Mais pensez donc, c'est l'affaire d'un instant.

— Non, non, si mon fils me voit un instant de trop, il se trouve déjà mal.

— Prenez au moins un taxi, je vous l'offre.

— Jamais de la vie, le taxi, c'est pour les riches, pour moi le tram ça ira très bien.

Et elle se dirigea vers l'arrêt.

Berto voulut la suivre, mais Adelmo le retint par le bras :

— Laisse, donne-lui la satisfaction d'être victime jusqu'au bout.

Rapidement ils furent sur l'autoroute en direction de Milan.

L'autoroute ; Adelmo n'y était jamais allé, n'avait jamais éprouvé cette sensation de vitesse que Berto à présent lui offrait en appuyant à fond sur l'accélérateur de son Alfa. Durant le trajet, il lui parla de ses découvertes, de ses erreurs, de la raison de leur présence ici, pour essayer d'empêcher un nouveau meurtre.

— Est-il donc possible que cette simple histoire de liste effraie des gens à ce point-là ? Ils se sont enfuis, ont changé de métier, ont fini par devenir des clochards, avant de crever poignardés. Ne pouvaient-ils pas tout raconter à la police ?

— Je pense qu'ils craignaient d'avoir fait quelque chose qui les dépasse, d'avoir joué un sale tour à quelqu'un de très puissant, quelqu'un qu'on n'arrête pas, même avec la police. En parlant avec ce type à Naples, celui du souterrain, j'ai eu l'impression qu'il y avait des choses, des mécanismes, des systèmes que nous ne pouvons pas comprendre. Je pense que quand on irrite des gens de cette espèce, on n'a alors qu'une envie, c'est de disparaître. Mais l'affaire est peut-être tout autre.

À Santhià ils quittèrent l'autoroute et prirent une petite route au milieu des champs. À la considérer maintenant, en juillet, cette campagne ressemblait à toutes les autres : verte d'herbes tendres et incroyablement plate ; mais s'ils l'avaient traversée début mai, leur voiture aurait ressemblé à une embarcation rapide sur une mer calme. Lorsque les rizières sont inondées, toute cette étendue de terre, des montagnes du mont Rose aux collines du Montferrat, se transformait en une immense lagune ; les routes comme un môle, les fermes telles des îles perdues. Adelmo ferma les yeux et ressentit de la paix en pensant à cette infinité d'eau ridée seulement par le saut des grenouilles et les pas cadencés des hérons.

— Tu crois qu'on va la trouver, cette ferme ?

— Celui qui m'a téléphoné m'a dit que ce n'était pas difficile : à Santhià, prendre la direction de Salasco, puis la première à gauche, ferme La Ruà. J'ai aussi demandé s'ils avaient le téléphone à la ferme, mais il l'ignorait.

Ils poursuivirent. La route continuait tout droit sur de longues portions, puis brusquement tournait à angle droit, inexplicablement. Lignes droites et brusques coups de volant, lignes droites et brusques coups de volant, sans arrêt. De temps en temps, ils tombaient sur une bifurcation, sans indications : difficile de dire quelle était la route et quels étaient, en revanche, les chemins menant à des habitations isolées.

— Regarde, il y a le panneau « Salasco ».

— Alors on s'est trompés.

— Rebroussons chemin.

— Oui, mais par là, à droite.

— D'accord.

Berto commençait à s'énerver, Adelmo à s'inquiéter.

Les champs se ressemblaient tous, ainsi que les routes ; peut-être même tournaient-ils en rond, alors qu'il était déjà six heures.

— Tiens, là il y a une ferme, allons demander.

Ils trouvèrent un homme qui aiguisait sa faux.

— Pardon, pour La Ruà ?

— Continuez tout droit, puis après la ferme Rosso faites encore cent mètres et tournez à gauche, au bout de la route c'est La Ruà.

— Merci.

Ils parcoururent encore un bon kilomètre avant d'apercevoir une ferme toute carrée, si grande qu'elle aurait pu contenir un village entier.

— Ce doit être la ferme Rosso.

— On va demander, par précaution. Je ne voudrais pas me retrouver encore à Salasco, voire à Santhià.

Ils arrivèrent jusque sur l'aire et demandèrent à une femme qui transportait une pleine cuvette de linge humide :

— Pour La Ruà, tout droit et à gauche ?

— Oui, mais on ne vous laissera pas passer.

— Pourquoi ?

— Il y a les fourgonnettes des carabiniers en travers de la route depuis aujourd'hui midi : ils ont trouvé un mort.

— Savez-vous qui c'est ?

— C'est Bartolo, le fils à l'Armida et au Secondo, de leur vivant c'étaient les métayers de la Malcontenta.

— Les Ferraris ?

— Oui, vous les connaissiez ?

— De nom, ce sont mes parents qui m'en avaient parlé.

— Quand est-ce qu'ils l'ont trouvé ?

— Ce matin, vers onze heures, mais ils le cherchaient depuis hier soir, car ça faisait un moment qu'on ne le voyait plus.

— Merci, au revoir.

Adelmo aurait voulu demander si le mort avait été tué d'un coup de couteau au ventre, mais il pensait connaître déjà la réponse. Ses yeux étaient remplis de larmes de rage ; pour la première fois, il sentait que son enquête n'était pas un simple jeu, un pari sur son avenir : c'était un combat, une guerre ; non, la guerre n'était pas terminée : « Nous avons besoin de justes, avait dit le père de Berto, non pas de vengeurs. Capturez le vengeur. » Au départ, l'assassin était seulement un objectif à atteindre, une ligne d'arrivée à franchir pour démontrer ses capacités, mais à présent il sentait qu'il le haïssait, qu'il le haïssait de toutes ses forces, comme il avait haï les nazis, comme il avait haï les républicains arrogants et salauds.

Ils passèrent la déviation pour La Ruà et virent les fourgonnettes.

— Savoir ce qu'ils doivent penser, ceux-là en uniforme.

— D'après moi, demain ils écriront dans leur rapport qu'il s'agit d'une rixe dans un bistrot qui a mal tourné.

— On devrait leur dire ce qu'on sait.

— Ah, bravo, comme ça ils s'attribueront tous les mérites, et toi tu resteras toute ta vie sur les échafaudages de M. Pettenuzzo.

— Mais peut-être pourront-ils encore sauver le dernier, à condition qu'il soit toujours en vie.

— Tu crois vraiment ?

— Je n'en sais rien.

En réalité, il n'y croyait pas. En une semaine, à lui seul il avait découvert plus de choses qu'en avaient découvertes tous les commissariats réunis, et cela le déconcertait.

Berto conduisait en silence.

— Où allons-nous ?

— Vers l'autoroute, on rentre à la maison, non ?

— Berto, nous devons le leur dire, nous ne pouvons pas tout garder pour nous.

— Non, il faut que tu leur livres le coupable, et si possible un communiste.

— Je ne crois vraiment pas qu'il puisse en être un.

— Trouve-le, on verra après.

— Écoute, voilà ce qu'on va faire : tu vas me conduire à Vercelli, et de là moi, demain, j'irai à Bergame ; toi en revanche tu rentres ce soir à Turin et demain tu te fais accompagner par un avocat que tu connais et tu racontes tout à la police : s'ils arrivent les premiers, c'est bien, ils parviendront peut-être à sauver Serpellini, sinon j'essaie, moi, mais au moins j'aurai la conscience tranquille.

— Qu'est-ce que tu vas faire à Bergame ?

— Voir si à l'adresse qui figurait sur la liste je trouverai encore des membres de la famille d'Italia Locatelli, et s'ils savent quelque chose sur son fiancé vengeur.

— Pourquoi dis-tu « fiancé » ? C'est peut-être son frère ou son père, et donc tu t'amènes là-bas et ils te font la peau à toi aussi.

— Je n'y avais pas pensé. Mais crois-tu qu'un père ou un frère laisseraient des roses ? Ça ne me semble pas naturel.

— Pourquoi, quelqu'un qui tue les premiers pauvres bougres qu'il trouve dans une lettre anonyme te semble normal ? Quelqu'un qui les suit, qui fait des investigations, qui les débusque là où ils se sont planqués, et tout ça parce qu'ils étaient sur une liste écrite on ne sait pas par qui, te semble quelqu'un d'équilibré ?

— Tu as raison, mais je ne pense pas pouvoir faire autrement.

— Tu as l'intention de sonner à la porte et de dire : « Bonjour, je m'appelle Baudino, je suis à la recherche de celui qui a tué un tas de gens pour venger Italia Locatelli » ?

— Plus ou moins.

— Alors je viens avec toi.

— Non, il est plus important que tu en avises la police, c'est important pour ma propre sécurité aussi.

— On va faire comme tu dis mais, plutôt que Vercelli, je te conduis à un hôtel que je connais à Milan, comme ça demain tu pourras partir un peu plus tard : je ne pense pas que tu te sois beaucoup reposé ces jours derniers.

— Non, en effet, deux heures de sommeil supplémentaires me feront du bien, merci.

Et ce fut de nouveau l'autoroute. Berto conduisait d'une manière concentrée et rapide ; Adelmo réfléchissait sur la normalité. Qu'est-ce qui était resté normal après cette guerre ? Tout avait été énorme, excessif : comment faire pour rester « normaux » ? Trop de bombes, trop de morts, les maisons de Dresde volatilisées par la chaleur des bombes incendiaires, les villes japonaises anéanties en un instant. Trop de peur ; il les avait vus, lui, les yeux des enfants juifs dans les wagons à bestiaux, il les avait vus partir pour ne plus revenir. Trop, trop, trop de haine, jamais vu, jamais imaginé une haine aussi forte : les amis, les frères, les pères et les fils séparés par une chemise noire ; les soldats italiens entraînés par des Boches contre les Italiens, pour les massacrer, pour les pendre aux poteaux télégraphiques ou pour les coller au mur sur les places des villages, devant leurs mères. Non, qui était encore normal après vingt ans de haine ? Il se les rappelait, lui, ces journaux pour enfants d'il y a vingt ans ; le *Journal des Balilla*, avec ces interminables feuilletons de Gino Rocca, où Fanfillicchio battait sa grand-mère avec un nerf de bœuf pour qu'elle lui achète l'uniforme de Balilla, la mauvaise grand-mère menteuse et méchante, y écrivait-on. Pourquoi l'un de ces enfants ne pourrait pas aujourd'hui se faire justice à coups de couteau ? Pourquoi ne devrait-il pas prendre le poignard qu'il a appris à manipuler dès l'enfance ? Normal, parfaitement normal.

Le soleil était bas derrière eux et incendiait le rétroviseur ; cela faisait des kilomètres et des kilomètres qu'ils n'échangeaient pas un mot ; le moment était peut-être venu de s'excuser.

— Je regrette pour ce coup de fil, je ne sais pas ce qui m'a pris.

— Oublie ça.

— Je croyais que tu voulais m'utiliser pour coincer l'ingénieur Bertoldo ; moi, votre monde, je ne l'ai jamais compris.

— Moi non plus, rassure-toi. Dis-moi plutôt, tu es sûr qu'on ne peut pas tirer quelque chose d'utile de ce trafic de Bertoldo avec les Américains ?

— Je ne crois pas, mais je pense surtout que quand les Américains interviennent quelque part, il n'en ressort rien, bon ou mauvais.

— Je le pense moi aussi ; j'ai à l'idée que, dans les années à venir, on verra de belles saloperies.

Entre-temps, les cheminées de Milan commençaient à surgir à l'horizon, puis les lumières des habitations. Ils prirent la route de Vigevano, longèrent le Naviglio Grande, Porta Genova, et furent finalement dans le centre.

XVI

Bergame, 2 juillet 1946. Mardi

C'est Bergame, ce bourg ?

La ville de Bergame.

Adelmo pensa que Renzo, en traversant l'Adda, avait dû avoir le même spectacle : la ville haute dessinée sur fond de ciel, sur fond de ce ciel de Lombardie, si beau lorsqu'il fait beau ; les tours, les clochers, les coupoles, les remparts unis en un seul profil.

En suivant les indications des passants, il était monté le long de la via Sant'Alessandro, s'arrêtant aux remparts pour reprendre son souffle. Il s'était alors appuyé sur le parapet et avait regardé en bas : l'avenue droite, les maisons de la ville basse, les champs, la plaine ; il avait même l'impression de voir la mer, là-bas, là-bas tout au fond, mais ce n'était assurément qu'une illusion.

Il reprit sa route, toujours montante. Place du marché aux chaussures, avec ses arcades et les deux maisons hautes disposées en demi-cercle, comme une scène avec un immense décor peint en trompe l'œil.

— La via Gombito, s'il vous plaît ?

— C'est celle-là.

Encore en montée.

Le numéro quinze donnait sur une placette minuscule qui servait de parvis à une église, et le rez-de-chaussée était occupé par un restaurant d'où émanait un intense fumet de lapin en sauce. Il entra.

— Est-ce bien là qu'habite la famille Locatelli ?

— Oui, au dernier étage. L'entrée est là sur le côté, sous l'arcade.

Le ton était désagréable, hostile.

Un étage, deux, au troisième l'escalier devenait plus raide et plus exigu ; la pierre des marches était fissurée, fendue. Il s'attaqua à la dernière volée, passant tout juste entre la rampe et la porte des cabinets, et arriva sur une espèce de petite loggia d'où l'on voyait les toits tout autour et la grande coupole qu'il supposa être celle de la cathédrale. Un morceau de carton avec l'inscription « Locatelli » était fixé par deux punaises à dessin à une porte autrefois verte et à présent couverte d'écailles de peinture opaque, d'une couleur indéfinissable. Il appuya sur la sonnette. Rien. Il sonna encore, longuement.

De l'appartement voisin sortit une femme en pantoufles et en tablier :

— Vous sonnez pour quoi faire ? Vous voyez pas qu'elle est pas là, l'autre ? Elle arrive toujours après midi.

Et, malgré la chaleur, elle ferma et verrouilla sa porte, auparavant ouverte.

Midi moins vingt.

Il décida d'attendre, posa sa valise par terre et s'assit dessus, contemplant le sol de carreaux brillants de cire et creusés par l'usure. Quel âge avait cette maison ? Quatre cents ans ? Cinq cents ? Peut-être davantage, selon ce que ses maigres connaissances architecturales lui suggéraient. Il appuya son dos contre la porte, renversa la tête en arrière et s'assoupit. Ces jours d'enquête l'avaient éprouvé et l'avaient changé : jamais auparavant il ne se serait accordé de repos dans une position aussi inconvenante. Elle avait raison sa mère, et tous ceux qui le traitaient de bohémien ; c'était vrai, il était en train de devenir un bohémien.

À midi, un concert de cloches le tira de sa torpeur. De toute part des tintements, de la cathédrale, de l'église derrière lui, du couvent en face ; des tintements forts qui lui pénétraient jusque dans l'estomac.

Midi et quart, la demie, une heure moins le quart.

Des pas dans l'escalier, mais ils s'arrêtèrent à l'étage inférieur. Il entendit s'ouvrir la porte des cabinets, une minute, puis la chasse d'eau et derechef le grincement de la porte. Nouveaux pas sur les marches. Il se leva, et la première chose qu'il vit d'elle, ce fut la tête complètement rasée. Elle avait une trentaine d'années, trente cinq ; sans doute avait-elle été belle autrefois, car à la regarder on restait fasciné même comme cela, sans cheveux. Elle portait une jupe ample, au-dessous du genou, et un chemisier, large lui aussi, jeté par-dessus plus qu'enfilé, avec négligence.

Elle vit ses chaussures, s'arrêta à mi-hauteur de l'escalier et leva les yeux.

— Que voulez-vous ?

— Madame Locatelli ?

— Madame ? Depuis quand ? Irene, Irene Locatelli. Qu'est-ce que je peux faire ?

— Italia Locatelli était votre sœur ?

Le visage de la femme se crispa dans une grimace de peur.

— Allez-vous-en.

— Je vous en prie, parlons une minute.

— Non, prenez vos lettres et allez-vous-en.

Et elle rentra chez elle en le laissant à la porte.

Elle sortit un instant après avec un paquet de cinq ou six enveloppes attachées ensemble, comme les lettres des amants dans les romans ; sauf qu'en guise de ruban rouge il y avait une ficelle.

— Les voilà, je ne veux plus en entendre parler.

Adelmo n'avait jamais pensé avoir un visage expressif, mais cette fois sa figure révéla toute l'immensité de sa stupeur, et Irene Locatelli le comprit.

— Ce n'est pas vous qui me les avez envoyées ?

— Non, je vous jure.

— Vous êtes un flic ?

— Non, ça non plus.

— Alors entrez, afin que nous puissions parler.

Cette voix décidée, ces gestes énergiques correspondaient exactement à l'image qu'on avait d'elle au premier regard.

Il entra dans une cuisine qui lui rappela beaucoup la sienne, sauf qu'elle était encore plus pauvre : une table, peinte en blanc, un buffet, un évier et un poêle à bois ; ni gaz ni fourneau ; en plus, un lit, pour dormir dans la cuisine durant les nuits les plus froides.

— Alors, que voulez-vous savoir sur ma sœur ?

Adelmo décida de ne pas perdre de temps, car le temps pressait.

— Quelqu'un tue des gens pour venger la mort de votre sœur dans ce train, là-bas dans le Sud.

— Je le sais.

Il y était tombé, il s'était fourré tout seul dans la gueule du loup ; il était resté prudent jusqu'à la fin mais, en voyant une femme, il avait baissé la garde, car il n'avait jamais songé à un meurtrier au féminin.

— Murante Catello, Gazza Carmine, Piracci Raffaele, Monticone Giovanni, Pepe Pasquale : je connais ces noms par cœur.

Le monde s'écroulait sur lui.

— Ils sont là, ces noms, dans ces lettres, un dans chacune d'elles ; en fait, non, dans la première il y en a deux : Murante et Gazza. Chaque fois qu'il en tue un, il m'envoie une lettre. J'ai vengé notre Italia, je l'ai vengée pour toi aussi, me dit-il.

Adelmo comprit qu'il n'avait pas compris, ou mieux, qu'il avait compris en retard, comme d'habitude.

— Irene, savez-vous qui vous envoie ces lettres ?

— Le fiancé de ma sœur.

Finalement, ses intuitions n'étaient pas toujours mauvaises.

— Eh bien, si vous savez qui c'est, pourquoi ne l'avez-vous pas dénoncé à la police ?

— Parce que je ne connais pas son nom, je ne l'ai jamais su, je ne sais pas où il habite, quel âge il a, à quoi il ressemble. Et puis parce que j'ai peur ; j'ai peur qu'un jour il vienne ici et me tue moi aussi, pour l'avoir dénoncé, ou peut-être parce que je n'ai pas montré assez de zèle dans la vengeance, ou parce qu'il pense que j'ai quelque responsabilité dans la mort de ma sœur, ou qui sait pour quelle autre raison : c'est un fou, c'est tout simplement un fou. Mais vous, qui êtes-vous ? Pourquoi me posez-vous ces questions ?

— Vous avez raison, je ne me suis pas présenté. Je m'appelle Adelmo Baudino ; l'un des assassinés, Monticone, était un de mes amis.

À présent, il sentait que ce demi-mensonge était presque une vérité et surtout qu'il l'autorisait moralement à mener l'enquête. Il continua.

— Pourquoi votre sœur ne vous a-t-elle jamais présenté son fiancé ?

— Les dernières années, ma sœur et moi ne nous parlions presque plus : pour des questions de politique, surtout, mais d'âge aussi. Mes parents sont morts jeunes, alors qu'Italia était encore petite ; je lui ai servi de mère, je l'ai fait étudier, à l'école normale, elle est devenue institutrice. Nous nous entendions bien.

— Et puis ?

— Et puis elle a obtenu un remplacement à Merate, tout près d'ici, et là elle a intégré un groupe de fascistes, des durs, non pas de ceux qui avaient pris leur carte par convenance ; non, des gens qui y croyaient, des amis de hiérarques de Milan ou des fils des divers podestats de la région.

— Mais vous, Irene, vous n'aimiez pas les fascistes ?

— Non, moi je les ai toujours haïs. En silence, comme on le faisait à l'époque, mais je les ai toujours haïs. J'étais petite, mais je me rappelle bien quand les chemises noires ont presque frappé à mort mon oncle Michele : ils l'ont tabassé devant la Bourse du travail et l'ont laissé là, sur le trottoir, plein de sang. Mon père, non, au contraire ; lui, il aimait le fascisme : il a appelé ma sœur Italia, mais il a failli l'appeler Benita. Il est mort en Abyssinie, de syphilis je crois.

— Et le fiancé de votre sœur était de ce groupe-là ?

— Oui, je pense qu'il était le plus fasciste de tous : lisez les lettres, vous verrez. C'est la raison pour laquelle Italia ne me l'a jamais présenté.

— Mais comment se fait-il qu'elle ait atterri en Lucanie ?

— Il y a eu un concours de recrutement d'instituteurs, juste avant la guerre. Un grand concours national, elle a obtenu un poste là-bas, à Baragiano, et elle y est allée.

— Son fiancé ne s'y est pas opposé ?

— Il devait faire son service, il ne pouvait pas encore l'épouser. Ils avaient convenu qu'Italia irait là-bas et que lui se ferait muter et qu'il l'épouserait au bout d'un an. « J'ai une mission, m'avait dit cette crétine. Je veux former les fascistes de demain partout où on en aura besoin. » Puis il y a eu la guerre, les choses se sont passées comme elles se sont passées et tous les deux se sont retrouvés séparés.

— Avez-vous une idée de la raison pour laquelle Italia se trouvait dans ce train ?

— De l'école où elle enseignait, on m'a écrit : il semble qu'elle se rendait à Potenza pour chercher des crayons et des cahiers pour ses élèves.

Dommage, Adelmo aurait voulu la détester jusqu'au bout, cette petite fasciste, mais il ne le pouvait pas. Haine ou pas, à présent il s'agissait d'arrêter l'assassin.

— Je peux voir ces lettres ?

— Celle de l'école ?

— Non, les autres, celles de son fiancé.

— Tenez. Pendant ce temps, je vais mettre la table. Avez-vous mangé ?

— Non.

— Ça vous ira un peu de soupe froide ? Ce sont mes patrons qui me l'ont donnée, il leur en restait. Je travaille à mi-temps dans la maison d'un docteur, en bas, dans la ville basse : ce sont les seuls qui ne m'ont pas tourné le dos.

— La soupe m'ira très bien, merci.

Il examina les enveloppes, il y en avait quatre, toutes du même papier à lettres ; l'une portait le tampon du bureau de poste central de Potenza, avec la date du 17 décembre 1945, les autres avaient été expédiées de Naples et de Turin.

Il prit la première. Elle était rédigée avec une écriture hésitante, ainsi que les adresses sur les enveloppes ; la forme des lettres était maladroite, irrégulière, les caractères grossis et le trait tremblant, comme de quelqu'un qui n'aurait fréquenté à l'école qu'une classe ou deux, et qui a des souvenirs de l'alphabet mais pas d'expérience.

Chère Irene,

Les incompréhensions et le sort contraire nous ont toujours empêchés de nous rencontrer ; j'espérais que, le jour où Italia deviendrait ma femme, vous pourriez partager notre joie enfin parfaite, et que nous pourrions former une famille unie, sans désaccords. À présent que votre sœur est morte, cet espoir m'est interdit, tout espoir m'est interdit et il ne me reste qu'à vous dire combien je l'ai aimée, il ne me reste que la tâche de vous convaincre, en l'honneur de sa mémoire, que cet amour que vous n'avez pas approuvé était un amour pur, infini : nous voulions nous unir devant Dieu, nous voulions offrir des enfants à Sa Gloire et à la Patrie ; des petits garçons et des petites filles, des fils de la louve[1], des balilla, des avant-gardistes, de jeunes Italiennes. Ce n'était pas un rêve, mais un projet intime que quelqu'un a détruit. Oui, quelqu'un, ma chère Irene : non le hasard, non le destin, non le dessein impénétrable des dieux, mais des hommes,

1. Les jeunesses fascistes.

des hommes incapables et cupides, des hommes sans dignité et sans honneur, sans honnêteté. Ces mêmes hommes qui ont vendu notre Pays au lieu de le défendre jusqu'à la mort, cette même engeance qui a permis que retombe sur nous l'infamie de la trahison. Ils ont failli à leur devoir ; ils devaient faire respecter des règles, maintenir l'ordre, arrêter les bandits et aider les honnêtes gens, comme Italia. En revanche, ils sont devenus eux-mêmes des bandits. Si le train n'a pas pu poursuivre sa course dans le tunnel, c'est parce qu'ils l'ont rempli de leurs complices, ils l'ont surchargé en ne regardant que leur seul profit illicite. Ces criminels pensaient s'en sortir, ils comptaient sur le désordre et sur l'anarchie où notre Nation est tombée, mais moi je les punirai ; je suis venu exprès ici dans le Sud pour les punir, un par un. La guerre m'a pris beaucoup de choses, et leur infamie m'a enlevé mon amour, mais moi je les punirai. Au moment où je vous écris, deux d'entre eux ont déjà reçu le prix de leur crime ; ils ont trahi, et pour qui trahit il n'y a qu'une peine : Murante Catello et Gazza Carmine sont morts. D'autres mourront.

Elle se terminait ainsi, sans signature, sans salutations.

— Venez manger votre soupe, vous lirez les autres après.

Ils s'assirent l'un en face de l'autre ; sur la nappe, les deux assiettes pleines, un morceau de pain, une carafe d'eau, les deux cuillères et les deux verres dépareillés.

— Et vous, vous avez fait la guerre, monsieur Baudino ?

— Non, le personnel ferroviaire au-dessus d'un certain niveau avait été déclaré « irremplaçable » : non mobilisable. Mais ensuite, après les grèves de 44, bien après à vrai dire, j'ai tout plaqué et j'ai rejoint le maquis, avec les Garibaldiens.

— Alors ce sont vos amis qui m'ont fait cela. Et elle indiqua sa tête rasée.

— Je suis désolé.

— Ne soyez pas désolé, car ce n'est pas vrai. Ce ne sont pas les Partisans. Ceux qui m'ont coupé les cheveux, la veille même ils avaient encore leur carte fasciste dans la poche ; puis tout à coup ils ont compris que le vent avait tourné, mais ils l'ont compris tardivement. Trop tard pour rejoindre le maquis ; les Partisans, les vrais, arrivaient déjà ; ces mirliflores ont alors décidé de s'attribuer des mérites autrement : ils ont attrapé les femmes qui avaient été avec les Allemands et avec les Républicains et ils leur ont rendu ce fier service.

— Mais vous, vous aviez été avec les Allemands ?

— Vous le pensez ? Moi, avec un Allemand, avec un Boche ? ou avec un de ces salauds de la République ? Non, non monsieur Baudino, vraiment pas. J'ai couché avec un tas d'hommes, avec tous les hommes qui m'ont désirée, mais non avec ces faces de merde, non avec ces bourreaux. J'ai couché avec qui me plaisait et parce que ça me plaisait : c'est cela que ne pouvaient pas digérer toutes les bigotes du coin. Vous avez vu toutes ces

églises ? Vous avez entendu toutes ces cloches ?
Imaginez un peu tous ces tartufes, toutes ces grenouilles de bénitier : ils brûlaient d'impatience de
me punir. Ce sont ces bigotes qui m'ont dénon-
cée, leur moment était enfin venu. Et les autres
n'en ont pas cru leurs yeux : une putain de plus
pour construire leur réputation d'antifascistes. Ils
nous ont prises, nous ont traînées sur la place et
nous ont rasées. La foule faisait cercle autour de
nous et riait. Eux nous attrapaient par les cheveux
et puis coupaient, et eux aussi riaient, ils riaient et
coupaient, le plus possible. Ils arrivaient tout près
de la tête, et on sentait les ciseaux sur la peau.
Pour la première fois je me suis sentie indécente.
J'avais la tête en sang, le chemisier arraché, tous
qui me regardaient, et je me suis sentie indécente.
Je n'ai jamais eu honte de mes amours, je ne me
suis jamais sentie gênée d'être vue bras dessus,
bras dessous, avec un nouvel amant, mais cette
fois-là j'ai eu honte.

— Cela s'est passé récemment ?

— Non, bien sûr que non. Cela s'est passé juste
après la Libération.

— Mais alors...

— Vous voulez savoir pourquoi j'ai encore le
crâne rasé ? J'ai décidé que ça m'allait bien. Ils
ont voulu que je sois comme ça, je suis restée
comme ça. Je me suis acheté une de ces petites
tondeuses de coiffeur, et une fois par semaine je
me mets devant la glace et je coupe, à zéro. Au
début ils me montraient du doigt comme une putain, maintenant c'est moi qui le leur dis : oui, je

suis une putain, voyez, je suis une putain. Personne n'a jamais payé pour faire l'amour avec moi, personne ne m'a jamais fait de cadeau, mais qu'ils croient ce qu'ils veulent, je continuerai à me raser la tête jusqu'à la fin de mes jours. Laide et rasée jusqu'à la mort.

— Vous n'êtes pas laide, vous êtes très belle.

Il fut étonné d'avoir dit ces mots, il les entendit comme s'ils n'avaient pas été les siens et ne comprit pas comment il avait pu les prononcer. Pour cacher son embarras, il revint à la discussion initiale.

— Nous avions espéré que tout changerait, mais seule la couleur des chemises a changé, et maintenant ceux-là sont plus dangereux que jamais, car ils présentent un visage neuf. Ils ont déposé la matraque et se sont infiltrés dans les commissions d'épuration, pour être sûrs que les amis de leurs amis restent à leur place : encore de l'huile de ricin, et ce sont toujours les mêmes qui la boivent.

— Vous parlez comme s'ils vous avaient coupé les cheveux à vous aussi.

— D'une certaine manière c'est ce qu'ils ont fait, et c'est aussi pour cela que j'essaie d'attraper le fiancé de votre sœur.

Il raconta alors toute l'histoire, depuis le début, depuis le jour où il avait lu son nom sur la liste des épurés.

— Continuez donc avec les lettres, si vous le voulez, moi je débarrasse la table.

Adelmo alla s'asseoir près du buffet et reprit le paquet d'enveloppes. Il choisit la plus récente et lut.

Chère Irene,

Aujourd'hui a été exécutée la sentence de Pepe Pasquale. Il s'était réfugié lui aussi à Turin, chez sa sœur. Ils ont peur, désormais, ils se cachent et attendent que vienne leur tour. Ils savent qu'ils ne peuvent pas s'enfuir et malgré tout ils essaient. Si au moins j'avais pu en voir un, un seul affronter avec dignité son destin ! Mais non, au contraire : ils changent d'adresse, changent de métier, changent de vie en espérant la sauver. Ah, Irene, si vous aviez vu dans quel état était réduit Pasquale Pepe, dans quel avilissement il était tombé ! Pire que Monticone, qui déjà ressemblait à un chien errant. Ils n'ont pas d'amour-propre, arrogants avec les faibles et misérables devant qui a un véritable caractère d'homme. Si, comme je l'espère, reviendront des temps meilleurs, des temps plus justes, on me saura gré de ce que je fais, de l'œuvre de justice que je m'emploie à mener à bien. Dans quelques jours, un autre bandit rendra compte de ses fautes, puis ce sera au tour du dernier. Je l'ai laissé en dernier, car c'est l'objectif le plus facile, le plus à portée de la main, tout près de chez moi. Facile mais également courageux, le seul peut-être : il n'a pas pris la peine de se cacher, de changer de travail. Quoi de plus simple que de suivre un contrôleur de train : « Billet, s'il vous plaît… votre billet », et moi

derrière, « Billet », et moi qui le suis. Et puis il suf-
fit d'un instant : une voiture déserte, les toilettes de
la gare, un passage souterrain sombre ; un instant
et c'est fait, le bon moment arrive toujours, il suffit
de le suivre et d'attendre, comme avec les autres.
Soyez sans crainte, Irene, la vengeance sera bientôt
conclue, et ce sera aussi votre vengeance.

Serpellini, Serpellini Amos, c'était lui le contrôleur, ou plutôt le conducteur, comme on disait
aux Chemins de fer. S'il ne s'était pas caché, c'est
parce qu'il ignorait qu'il devait le faire ; il avait
quitté la Lucanie avant l'arrivée de l'assassin.
« Tout près de chez moi », disait-il ; ils étaient
tous deux voisins, donc, s'il est vrai qu'Italia et
son fiancé s'étaient connus à Merate.

Il se leva d'un bond.

— Je dois courir à la gare.

— Vous partez comme ça, à l'improviste.

— Non, je ne pars pas ; je dois seulement me
renseigner.

— Mais après vous revenez ?

— Je crois que j'ai déjà suffisamment abusé...

— Revenez, je vous en prie ; laissez votre valise
ici, vous la prendrez après.

— Je peux vraiment ?

— Bien sûr, ça me fait plaisir.

— Alors je file, je pense que le cauchemar ces-
sera bientôt, d'une manière ou d'une autre.

— Vous connaissez le chemin pour la gare ?

— Je suis monté par la via Sant'Alessandro.

— Il y a un raccourci : vous sortez des remparts et vous arrivez en haut de Sant'Alessandro, là à gauche il y a un sentier qui descend, vous y serez bien plus vite.

— Merci, au revoir.

— Au revoir, soyez prudent.

Adelmo descendit presque en courant l'escalier, puis la rue en pente, le sentier, enserré entre les remparts de jardins invisibles, l'avenue, enfin la gare. Il arriva le souffle court du fait de l'effort, mais surtout de l'anxiété : Amos Serpellini était le dernier, le dernier espoir de sauver quelqu'un et de capturer l'assassin, le dernier espoir de se sauver lui-même.

Il avait pensé demander à la billetterie, mais il y avait la queue au guichet, aussi passa-t-il derrière, au Bureau du Mouvement. Il entra en montrant sa carte de cheminot et s'adressa familièrement à l'homme assis derrière le bureau.

— J'aurais un service à te demander.

— Je t'écoute.

— Connaîtrais-tu par hasard Amos Serpellini ? C'est un conducteur, je crois qu'il est de ce district.

— J'ai déjà entendu ce nom, mais je ne le connais pas personnellement ; si c'était l'heure du déjeuner, je te dirais de passer à la cantine, où on pourrait peut-être t'en dire un peu plus, mais là il n'y a personne. Tu pourrais peut-être demander au personnel de train.

— Des livres de paie ? Des registres de voiture ?

— Pas ici, à Milan, mais là-bas tu peux toujours courir pour trouver quelque chose !

Il sortit du bureau alors qu'arrivait l'omnibus de Crémone. Il laissa descendre tous les passagers et rejoignit le chef de train, sa carte à la main.

— Excuse-moi, tu connais le conducteur Serpellini Amos ?

— Non, désolé. Eh, Alfonso (il s'adressa au mécanicien qui s'était montré à la cabine de l'autorail), tu connais Serpellini Amos ?

L'autre secoua la tête.

— Tant pis, merci.

Il s'exposait : s'informer sur une victime désignée était risqué.

Il attendit le direct de Milan, via Treviglio, et réitéra sa question : rien. Puis ce fut au tour du train de Brescia : toujours rien.

Dix-huit heures dix. Un nouvel échec à venir, un nouveau meurtre, tout cela parce qu'il ne savait pas comment contacter Serpellini Amos, comment le mettre en garde. Il n'était pas juste de jouer les policiers sans en avoir les moyens : un vrai policier, lui, se serait vite procuré l'adresse.

Justement, la police ; peut-être que la police y était arrivée avant lui, et qu'il s'inquiétait inutilement.

Il chercha le téléphone.

— Allô, je suis M. Baudino, pourrais-je parler à M. Berto s'il vous plaît ?

Il attendit quelques secondes.

— Salut Berto, tu as pu parler à la police ? Ils t'ont presque ri au nez… Voilà, uniquement parce que tu as un certain nom et que tu étais là-bas avec un avocat... Oui, je l'imagine, ils ont dû te dire que ce n'était pas de leur ressort, qu'il fallait contacter d'autres commissariats... C'est toi qui avais raison, on doit se débrouiller tout seul, mais cette fois on va peut-être réussir... J'ai du neuf, mais je ne peux rien te raconter au téléphone... Oui, je te tiens au courant et je fais attention. Salut, Berto.

Dix-huit heures vingt-trois ; dans dix-sept minutes arriverait un autre train.

— L'omnibus 4 139 en provenance de Seregno, Usmate, entre en gare sur la voie de garage n° 1.

Surpris par l'avance, il regarda l'horloge de la verrière, mais il n'y avait aucune avance, dix minutes de retard même. C'est que son esprit s'était perdu dans l'histoire d'Irene et de ses cheveux. Pourquoi avait-elle insisté pour qu'il revienne ? Pourquoi cette insistance lui avait-elle fait autant plaisir ?

Le train de Seregno se plaça sur la voie de garage.

— Excuse-moi, tu connais Serpellini Amos ?

— Oui, mais tu ne le verras pas maintenant ; aujourd'hui il était du matin, et je crois que demain aussi.

— Sur cette ligne ?

— Oui, je crois que demain matin il prend son service à Usmate sur le 4131, celui qui arrive ici à six heures cinquante-huit.

— Saurais-tu par hasard où il habite ?

— À Milan.

224

— Son adresse ?

— Tu m'en demandes trop. Je sais qu'il loue une chambre meublée du côté du Cordusio, mais sans autres précisions. Je ne crois pas qu'il tienne à donner son adresse, à mon avis à cause des maris jaloux.

Et il s'en alla en riant.

Adelmo consulta les tableaux des horaires : pour prendre le 4131 à Usmate, il devait partir à quatre heures cinquante-deux ; un réveil aux aurores. Certes, il aurait pu attendre Serpellini à Bergame, sans faire un aller-retour, mais il ne voulait prendre aucun risque. Et si le vengeur avait choisi de l'assassiner justement dans ce train ?

XVII

Bergame, 2 juillet 1946. Mardi soir

Irene avait travaillé tout l'après-midi, après le départ d'Adelmo. Elle était allée acheter de la pancetta, avait fait la pâte, l'avait étalée au rouleau, avait haché la farce avec le hachoir en fonte fixé à la table et, à la main, elle avait confectionné un à un les *casoncelli* pour le dîner. Lorsque Adelmo était rentré, la cuisine ne ressemblait plus à celle qu'il avait quittée quelques heures plus tôt ; sur la table il y avait une nappe rouge, avec des fleurs brodées aux angles, les assiettes avec le bord doré, les verres à pied et une bouteille de *valcalepio* au centre. Sur le poêle bouillait une casserole d'eau et le lit s'était orné d'un couvre-lit damassé.

En montant l'escalier, il s'était préparé à sortir une batterie toute turinoise de « Je ne voudrais pas déranger » et de « Il ne fallait pas vous donner toute cette peine », mais il avait finalement préféré sourire, ôter son chapeau et s'asseoir.

— Il va me falloir trouver une chambre d'hôtel.

— Si vous vous en contentez, vous pouvez dormir ici, de ce côté j'ai une autre chambre pour moi.

— Ce sera parfait, je ne sais pas comment vous remercier.

— Alors commencez par déboucher le vin, les *casoncelli* vont être prêts dans un instant.

C'était la première fois qu'Adelmo dînait seul avec une femme qui ne fût pas sa mère, la première fois depuis l'époque de Mirella. Il regarda Irene verser le contenu de la casserole dans la passoire : sa beauté était masquée par les plis de la fatigue et de la tristesse, mais elle pouvait surgir à tout moment ; il suffirait d'un sourire ou d'une caresse pour détendre ces rides sur son visage.

— Et voici les *casoncelli* à la bergamasque.

Les assiettes se remplirent alors de raviolis triangulaires presque noyés dans un océan de beurre fondu, entre des écueils de pancetta.

— Alors, avez-vous découvert quelque chose aujourd'hui à la gare ?

— Amos Serpellini est toujours en vie. Je dois l'avertir de ce qui se trame.

— Cela servira-t-il à quelque chose ? Les autres connaissaient le danger, et malgré cela ils sont morts quand même.

— C'est vrai, mais il faut essayer. Il doit faire attention si quelqu'un le suit, il doit le repérer, le regarder en face. De la sorte nous réussirons peut-être à savoir de qui il s'agit.

— Vous êtes sûr qu'il ne vaudrait pas mieux avertir la police ?

— J'ai essayé, un de mes amis a essayé aujourd'hui, mais ça n'a pas marché, ils n'ont pas cru à cette histoire de vengeance.

— Comment ferez-vous pour avertir Serpellini ?

— Demain matin, il sera de service sur le Seregno-Bergame, mais il montera à Usmate ; moi je partirai de Bergame par le train de quatre heures cinquante-deux, et ainsi j'arriverai à temps à Usmate, je monterai avec lui et chercherai à lui parler.

— Faites attention, les trains m'ont toujours valu des ennuis.

— Vous songez à votre sœur ?

— Pas seulement, j'ai perdu quelqu'un d'autre encore dans le train. Il est mort dans celui de la Valseriana, à Colzate, le 20 janvier 1945 ; un mitraillage aérien, vingt-huit morts. Il voulait rejoindre les autres au maquis, mais il n'en a pas eu le temps. Étonnant, n'est-ce pas ? Il voulait descendre les Allemands, et il a été tué par les Alliés.

— C'était votre fiancé ?

— Je ne pense pas être une femme à fiancés ; c'était un homme que j'aimais beaucoup. Il était honnête, il faisait bien l'amour, il jouait de l'accordéon et chantait tout le temps. Il m'avait appris toutes les chansons des Partisans, vous savez ? *Bella ciao, Pietà l'è morta, 18 aprile, Fischia il vento*, et même la *Badoglieide*, qui était toute récente et qui provenait des brigades du Piémont.

— Ah oui, la *Badoglieide*…

— Vous la connaissez ?

— *Ô Badoglio, Pietro Badoglio, engraissé par le fascisme*…

— Oui, c'est bien celle-là. Aujourd'hui on peut la chanter même chez soi, mais à l'époque on allait dans les prés pour chanter ces chansons-là, au-dessus de San Vigilio, et lui il apportait son accordéon sur l'épaule. Alors faites attention dans ce train.

Il ferait attention. Il ferait attention parce que c'est elle qui le lui demandait, parce que cela en valait la peine, maintenant.

Il lui versa encore à boire, d'une main un peu tremblante.

— Mais vraiment tu me trouves belle ?

Comme cela, d'un coup ? Sans lui donner le temps d'esquiver ? Sans lui donner la possibilité de cacher ses véritables pensées ?

— Tu es très belle. J'ignore à quel point cela peut avoir de l'importance pour toi de te l'entendre dire par quelqu'un comme moi, mais tu es très belle.

— Alors sortons, ce soir, allons nous promener. Je passe à côté me changer.

Il ne le croyait pas, il ne croyait plus pouvoir connaître encore l'émotion banale et unique d'une soirée inattendue. Ému à son âge, comme un jeune homme ; ému, après tout ce qui s'était passé, avec tout ce qui restait à faire.

Il sortit de sa valise son beau costume et chercha la seule chemise encore propre, celle qu'on lui avait lavée et repassée à l'hôtel à Naples. Il s'habilla, coiffa bien ses cheveux en arrière en mouillant le peigne dans l'évier, serra le nœud de sa cravate et lustra ses chaussures avec son mouchoir.

De l'autre pièce provenaient des froufrous de vêtements enfilés, puis enlevés et de nouveau mis, accompagnés de légers bruits de petits objets, de poudrier et de petits flacons de parfum.

En attendant, Adelmo reprit les lettres adressées à Irene. Une enveloppe portait le tampon d'un bureau de poste de Naples ; il en sortit le feuillet et lut.

Chère Irene,

Raffaele Piracci a eu lui aussi ce qu'il méritait ; cela faisait plus de deux mois que je le cherchais : ils ont cru pouvoir échapper à la juste punition mais ils se sont trompés. Après que la condamnation des deux premiers a été exécutée, ceux de la liste ont dû comprendre et se sont enfuis : dans les environs de Balvano, il ne reste que le plus vieux, mais je n'ai pas envie d'aller le chercher ; la peur le fera crever tout seul. Les autres, en revanche, les autres ne savent pas que je les chercherai, tous, du premier au dernier. J'ai les moyens de les trouver : c'est que nous sommes encore forts, plus forts qu'on ne croit ; nous avons de nos hommes partout, dans les préfectures, dans la police, dans les forces de l'ordre et dans les rangs de leurs ennemis, dans les prisons, des deux côtés de la barrière, et même dans les Chemins de fer de l'État. Nous sommes toujours là et nous serons prêts à jouer le rôle qui est le nôtre dès que notre Nation relèvera la tête de la fange où on l'a jetée. Vous avez vu Naples ! Naples que le Duce aimait tant ! Les étrangers s'y pavanent en maîtres, et non pas seulement les Blancs, non, ils ont rempli la ville de nègres, de Marocains, de Turcs : des singes en uniforme, voilà ce qu'ils sont, voilà ce qu'ils nous infligent. Le dompteur qui a domestiqué les bêtes sauvages de la Corne de l'Afrique pour en faire des hommes est à présent enchaîné et mené au fouet par ces singes et par ceux qui les dirigent d'au-delà de l'océan, par les juifs. Nous, les fils des Romains qui ont dominé Jérusalem et qui, avec Titus, en ont détruit le Temple, nous voilà à présent à la merci de ceux qui ont assassiné Notre Seigneur. J'ai passé deux mois à Naples, avec tous les jours ce spectacle sous les yeux ; il me paraissait impossible, dire qu'il n'y a pas deux ans le Duce en personne louait mes thèses sur l'infaillible supériorité de la race blanche. Là étaient en vérité la civilisation et l'avenir, là, à l'École militaire de Fontanellato, au cours de culture politico-raciale, dispensé par le major Sergio D'Alba. Je m'en souviens comme si avait lieu aujourd'hui l'épreuve finale ; sujet : comment concevez-vous une action raciste dans la République sociale italienne ? Moi, j'avais parlé de mon professeur d'allemand, ce petit juif, ridicule et répugnant, que tout le monde appelait « le nabot », j'avais écrit mes idées sur l'éradication totale des juifs et des francs-maçons et évoqué mon projet d'un musée de la purification de la race, où la pièce la plus précieuse serait un vase cylindrique en verre contenant, dans de l'alcool, un énorme fœtus noir, monstrueux, grotesque, avec des yeux saillants et des cheveux crépus, et sur le vase une étiquette : « Æbreus maleficus ». Soyez-en assurée, Irene, bientôt reviendront les temps de la plus grande gloire, et en attendant la vengeance continue.

Le délire de cet homme était celui d'une époque, et il se demanda si cette époque était vraiment finie. Un cours de culture politico-raciale, à quel point en était-on arrivé ! Il était étonnant, toutefois, que quelqu'un qui avait soutenu ses thèses devant Mussolini, quelqu'un qui avait fréquenté les écoles idéologiques du parti, rédige avec l'écriture d'un enfant paresseux.

La porte de la chambre s'ouvrit. Irene portait une toilette qui avait été à la mode huit ou dix ans plus tôt ; d'une couleur claire qui paraissait presque blanche, à peine teintée de thé. La jupe au genou, serrée et coupée de biais, avec deux volants qui lui donnaient volume et grâce. Un chapeau lui serait bien allé, à bord large, bleu peut-être, porté lui aussi légèrement incliné, mais Irene n'en avait pas, ou peut-être ne voulait-elle pas le mettre.

Ils sortirent dans la via Gombito, bondée dans cette soirée d'été. Il lui offrit le bras, elle y posa la main.

Ils marchaient bras dessus, bras dessous, souriant, tête haute. Les gens qu'ils croisaient les regardaient, et secouaient la tête sitôt qu'ils les avaient dépassés. Ils ne se parlaient pas, c'était inutile : ces deux bras croisés, ces flancs qui de temps en temps s'effleuraient suffisaient à les remplir d'émotion.

Ils arrivèrent sur la piazza Vecchia, et Adelmo tout à coup s'arrêta : les lumières des cafés, les chandelles sur les tables en terrasse, les tentures rouges plissées aux fenêtres éclairées des édifices, le lion de Saint-Marc ; il pensa à ce que ce serait de vivre ici, parmi tant de beauté, il pensa que la beauté aidait à vivre.

— On prend quelque chose au café ?

— Assis en terrasse comme les bourgeois ?

— Oui, comme les bourgeois.

— Alors allons au *café du Tasse*.

Ils s'installèrent à l'une des tables rondes juste sous le Palazzo della Ragione.

— Que prendront ces messieurs-dames ?

— Pour moi une eau-tamarin.

— Moi j'aimerais un quinquina.

Des tables voisines émanaient par instants des regards furtifs, de travers. On regardait et commentait, à voix basse ; sur les lèvres, on devinait des mots comme indécence, scandale, courage. Combien y avait-il de ces gens-là sur la place, le jour où l'on avait coupé les cheveux à Irene ? Mais Adelmo était fier d'être là, à côté d'elle ; oui, fier était le mot exact. Il n'avait jamais été fier de rien dans sa vie, ni de son corps, toujours trop fluet et courbé, ni de son apparence humble ; peut-être l'avait-il été de son travail, mais c'était de l'histoire ancienne : à présent il était fier, vraiment fier d'Irene, fier d'être son cavalier. Et celle-ci le sentait, le comprenait : cette fierté était comme une caresse.

Ils burent à petites gorgées lui son quinquina, elle son tamarin, en se regardant à travers leurs verres.

La cloche de la tour se mit à sonner. Un, deux, cinq, dix coups ; au douzième, Adelmo regarda l'heure : dix heures.

— Elle ne s'arrête donc plus ?

— Elle en fait cent, cent coups. À l'époque où l'on fermait la nuit les portes de la ville, c'était le signal pour ceux qui étaient encore aux champs : rentrez, sinon vous dormirez dehors.

— Encore quelques pas ?

— Volontiers.

Via Colleoni, la Citadelle, Colle Aperto d'où regarder les montagnes sombres, ponctuées çà et là des lumières de quelques hameaux. Puis de nouveau à l'intérieur des remparts. De temps en temps, les talons d'Irene dérapaient sur les galets du pavage ; elle lui serrait alors encore plus fort le bras, et lui rajeunissait de dix ans, dans sa tête et dans son cœur.

— Viens, allons de ce côté, via Porta Dipinta. C'était une rue en pente, bordée des deux côtés de hauts édifices au noble aspect.

— Voilà, arrêtons-nous là.

Le long alignement des maisons s'interrompait à cet endroit pour laisser place à un petit jardin et pour dégager la vue sur ce qui s'étendait en contrebas. Ils s'approchèrent du muret. La ville basse formait un réseau de lumières tremblotant dans l'air chaud. Les réverbères, les phares de quelques voitures, les fenêtres éclairées. Après les années du couvre-feu, des bougies et du papier noir collé aux vitres, tout ce scintillement suscitait de la joie, une envie de vivre et de revivre. Ce serait beau de l'embrasser, et il pensa que s'il ne le faisait pas maintenant, il ne le ferait plus jamais ; mais il ne l'embrassa pas, il n'osait pas.

— On rentre à la maison ?

— D'accord.

En quelques minutes ils furent à la porte d'entrée. Ils gravirent l'escalier en essayant de ne pas faire de bruit. Au troisième étage, derrière la fenêtre qui donnait sur le palier, le visage d'une vieille se cacha à l'abri d'un rideau. Ils montèrent encore. Ils entrèrent et Irene ferma la porte en la poussant du dos, puis elle fit ce qu'Adelmo n'avait pas fait tout à l'heure.

— Tu vas dormir avec moi cette nuit, là, dans mon lit.

— Oui, dit-il en rompant l'étreinte.

— Va dans la chambre, attends-moi... Ah, n'oublie pas le réveil, demain tu dois te lever tôt.

Il se le rappelait, hélas ; il aurait bien voulu l'oublier, ne penser à rien d'autre qu'à elle : impossible.

Il se mit au lit, du côté droit. Il éteignit la grande lampe, alluma l'abat-jour sur la table de chevet et demeura là, à regarder les poutres du plafond et les planches fissurées par le temps.

Elle vint et s'allongea près de lui, sur le flanc, lui caressant le visage.

— Veux-tu qu'on éteigne la lumière ?

— Non, je préfère te regarder.

La main d'Adelmo glissa sur sa jambe ; il n'était plus question de trouver du courage, les gestes à présent s'effectuaient spontanément, naturellement. Il la caressa, de plus en plus haut : les cuisses, les fesses, en posant la joue sur sa poitrine.

Le flanc, le dos ; la chemise de nuit s'était soulevée jusqu'à la taille, il voyait son ventre et la ligne qui à la jointure des jambes cachait son sexe. Il posa la main sur cette ligne et Irene eut un sursaut ; il la caressa encore, elle ferma les yeux.

La chemise de nuit n'était plus guère maintenant qu'un corsage ; Irene se redressa et l'ôta. Elle était belle, Irene, elle était belle sa petite poitrine, à peine flétrie, comme une ombre laissée par les efforts et les douleurs plus que par les années. Elle était belle sa peau, elles étaient belles ses mains desséchées par le travail et par la lessive, elles étaient belles les rides autour de ses yeux, ils étaient beaux ses yeux qui semblaient ne pas voir les marques de l'âge et la médiocrité de l'homme allongé près d'elle, ne pas voir les muscles des bras vidés de leur force et les poils de son torse gris comme de la poussière d'atelier.

— Viens ici.

Il s'étendit sur elle, sentit la caresse de ses seins et sur son ventre le frisson de sa peau effleurant la sienne.

Il était beau de commencer à vivre. Il était beau de faire l'amour.

XVIII

Le réveil sonna à quatre heures précises. Adelmo et Irene ne dormaient depuis guère plus d'une heure.

— Sois prudent, je t'en prie.

— Mais oui, ne t'en fais pas.

Il lui caressa la joue du dos de la main.

— À quelle heure reviens-tu à Bergame ?

— À six heures cinquante-huit, dans moins de trois heures.

— J'irai t'attendre à la gare.

— Tu ne travailles pas, aujourd'hui ?

— Je commence à huit heures, Madame veut dormir.

— Alors dors toi aussi, on se verra au train.

Dehors il faisait encore nuit et ce n'est qu'à son arrivée à la gare que le ciel commença à s'éclaircir.

— Un billet pour Usmate, deuxième classe, aller-retour.

— Attention, l'omnibus de quatre heures cinquante-deux ne comporte que des troisièmes.

— Alors de troisième, merci.

— Soixante-dix lires.

À l'arrêt sur la voie de garage, l'autorail attendait que quelqu'un monte à bord, mais la plupart des voyageurs se pressaient sous l'autre verrière, celle du train pour Milan via Treviglio. Adelmo prit place dans la voiture de tête et s'endormit avant même que le train s'ébranle. À chaque gare il ouvrait les yeux, mais pratiquement sans se réveiller ; toutefois, quand le haut-parleur annonça Usmate-Carnate, il ramassa prestement son chapeau et en un instant il fut à terre.

Cinq heures quarante, ponctuel comme les chemins de fer suisses ; il devait attendre une demi-heure encore pour le train qui le ramènerait à Bergame. Il espérait que Serpellini arriverait avec un peu d'avance : il était impatient de s'ôter ce poids.

Il prit un café au bar de la gare et revint sur le quai n° 2. Il le parcourut de long en large, cherchant Serpellini, mais aucune des personnes en attente ne portait l'uniforme de cheminot. Un prêtre lisait son bréviaire assis sur le banc en marbre ; plus loin, une femme avec un fichu sur la tête allaitait son bébé. Deux hommes à l'allure de commis voyageurs chuchotaient en fumant un cigare. À côté d'eux, plus ou moins au milieu du quai, un autre homme, la trentaine, demeurait debout immobile ; la manche droite de son veston était repliée et retenue par une épingle de nourrice à la hauteur de l'épaule ; il conservait cependant quelque chose de martial dans son regard et dans son maintien : un mutilé de guerre, pensa Adelmo, et il se dit que sa guerre n'en était qu'au début. Il observa les autres voyageurs encore : l'un d'eux lisait son journal, un autre mâchonnait du tabac et une vieille femme fouillait sans arrêt dans son sac à main. D'Amos Serpellini, nulle trace.

Six heures cinq ; sur la façade intérieure de la gare, la cloche côté Seregno retentit, annonçant le train. Maudit Serpellini, que faisait-il ? Lui, il était là pour lui sauver la vie, et l'autre s'en fichait, où était-il donc ?

Il traversa les voies et se précipita dans le bureau du chef de gare.

— Avez-vous vu Serpellini Amos ?

-- Non.

— Non.

— Moi non plus.

Merde.

Il ressortit. Le train entrait déjà en gare. Il traversa en courant les voies, déclenchant les coups de sifflet irrités du mécanicien. Sur le quai, rien de nouveau. Peut-être Serpellini avait-il pris son service à Seregno et était-il déjà en voiture.

Les portières s'ouvrirent et une dizaine de personnes descendirent, aussitôt remplacées par ceux qui attendaient sur le quai ; tous : le prêtre, la mère, les commis voyageurs, le mutilé, les deux hommes et la vieille dame, mais personne d'autre.

Adelmo repéra le chef de train en queue et monta là où il était, juste avant que celui-là n'agite son drapeau vert et que le chef de gare ne siffle. Il sortit de nouveau sa carte et interpella le chef de train.

— Excuse-moi, tu as vu Amos Serpellini ? On m'avait dit qu'aujourd'hui il ferait son service ici.

— C'est vrai, sauf qu'il a effectué un petit changement avec Antonioli : ça l'arrangeait d'arriver jusqu'à Ponte San Pietro, et Serpellini était content d'avoir une demi-heure de plus à passer là-bas à Ponte, tu sais, une de ses tournées habituelles…

— Et donc il montera à Ponte San Pietro ?

— Oui, certainement.

Il s'assit sur le banc en bois, près de la fenêtre. À présent il n'avait plus sommeil ; il était agité. Il regardait le paysage défiler à côté : des champs, un peu de bosquets et de nouveau des champs, les montagnes au loin, éclairées par le soleil. Lors des arrêts dans les gares, il observait ceux qui montaient et ceux qui descendaient, essayant de voir si parmi eux se trouvait l'assassin.

À Paderno descendit la vieille dame montée à Usmate, et montèrent trois ouvriers en bleu de travail. À peine avait-on pris un peu d'élan, que le train ralentit brusquement. Dehors on ne voyait rien, on était comme dans une tranchée de ronces et de broussailles. Pourquoi allait-il aussi lentement ? Adelmo n'en pouvait plus, il voulait rencontrer Serpellini afin que tout soit terminé. Le coupable, que d'autres le trouvent, la police : Serpellini sauvé, pour apaiser sa conscience, et Irene à Turin, avec lui pour la protéger au cas où elle en aurait besoin. Elle pouvait travailler à mi-temps aussi à Turin, et lui resterait maçon, cela n'avait rien d'extraordinaire.

On avançait toujours au pas ; enfin, lorsque la voiture dans laquelle il était passa à son tour entre deux colonnes de béton, il en comprit la raison : on était sur un pont. Un pont très haut, en fer. Au-dessous, très au-dessous, l'Adda formait un ruban vert uniforme. Il éprouva une sensation de vertige et détourna les yeux pour regarder droit devant lui. Juste en face, au fond de la voiture, se tenait le prêtre. Bizarre, il ne l'avait pas remarqué tout à l'heure : s'était-il déplacé ? Il n'avait pas remarqué non plus son sac de cuir noir qu'il avait avec lui. Il continuait à lire son bréviaire, mais Adelmo aurait juré qu'il ne tournait jamais sa page.

Calusco.

C'était probablement là qu'Italia Locatelli descendait chaque matin lorsqu'elle était institutrice à Merate.

— Calusco, gare de Calusco, deux minutes d'arrêt.

Personne ne montait. Le prêtre regardait le quai désert, il paraissait soucieux. Le chef de gare siffla et le train s'ébranla lentement, très lentement, et ce fut alors qu'un jeune homme d'une vingtaine d'années arriva en courant, il ouvrit la portière, monta d'un bond et la referma, avant d'aller s'asseoir juste en face du prêtre.

Dehors les champs recommencèrent. Adelmo, de plus en plus agité, mobilisait les pensées les plus belles pour diminuer la tension. Comment serait-ce avec Irene à Turin ? Elle pourrait se laisser repousser les cheveux ; savoir comment ils étaient, ses cheveux ! Ou plutôt non, elle les garderait tondus ; c'est comme cela qu'elle les aimait : certes, sa mère la détesterait dès le premier instant et ce serait encore mieux. Ils ne se marieraient pas, non ; ils vivraient ensemble, *more uxorio*, lui épuré, elle tondue. Au diable tous autant qu'ils sont.

— Terno, gare de Terno.

Rien de nouveau. Le prêtre toujours à sa place, le jeune homme en face de lui.

La gare suivante était celle de Ponte San Pietro. Adelmo était nerveux. Il se leva, fit l'aller-retour le long du couloir, puis passa dans les autres voitures. Deux ou trois voitures ; il revint à sa place, s'assit, se releva, se déplaça sur la droite, enfin se remit debout et abaissa complètement la vitre.

Sur le quai de la gare de Ponte San Pietro, il aperçut de loin une foule agitée ; des dizaines et des dizaines de personnes, des centaines peut-être. Le train ralentit, et il put voir sur le quai, auprès du chef de gare, un cheminot en uniforme avec sa sacoche en bandoulière : enfin il l'avait trouvé ; Serpellini, Serpellini Amos était vivant, et lui l'avait trouvé.

Il comprit qu'il monterait en tête du train et se déplaça à sa rencontre, mais comme le convoi s'arrêtait, la foule de la gare le prit d'assaut. Toutes les portières des voitures, qui ne s'appelaient pas pour rien « cent portes », s'ouvrirent simultanément, et le train fut envahi d'hommes en bleu de travail. La fin des équipes de nuit à Dalmine ; les ouvriers rentraient à Bergame : de retour chez eux, ils embrasseraient à la hâte leurs enfants qui s'apprêtaient à se rendre à l'école et se glisseraient dans les lits encore chauds des corps de leurs femmes.

Adelmo était bloqué, debout au milieu du couloir, écrasé de tous côtés. Tant pis, il avait tellement attendu déjà, il attendrait bien jusqu'à la gare de Bergame, là où le trajet s'achevait : l'important, une fois à terre, était de ne pas perdre Serpellini de vue. Que lui dirait-il ? Il lui parlerait de Balvano, de la liste, d'Italia Locatelli, de ses collègues poignardés, des inscriptions sur les murs et de ces lettres à l'écriture hésitante...

— Pardon, pardon. Laissez-moi passer, c'est important.

Adelmo avait entrepris de jouer des coudes et de se frayer un passage. Les ouvriers le regardaient hébétés, comme s'il s'agissait d'un fou.

Non, il ne pouvait absolument pas attendre l'arrivée à Bergame, l'assassin était ici, dans ce train. N'avait-il donc pas écrit qu'il suivrait sa dernière cible jusqu'au moment propice ? Il l'avait écrit, dans une langue élégante, mais avec une graphie maladroite et irrégulière. Le souvenir de ces lettres et de ces coups de couteau l'avait finalement conduit à raisonner ; tard, très tard, mais il avait compris. Il l'avait vu, l'assassin, et il s'agissait maintenant de l'arrêter.

— Excusez-moi, je dois passer. Pardon.

On le regardait de travers, mais cela n'avait pas d'importance.

Pourquoi toutes les victimes avaient-elles été poignardées au foie ? Pourquoi toutes dans la partie droite de leur corps ? Pourquoi ces lettres pleines de rhétorique et de mots grandiloquents étaient-elles aussi mal écrites ? Écrites avec des pattes de mouche ? Les deux choses étaient liées : si vous avez appris à écrire de la main droite et que brusquement vous devez utiliser la main gauche, votre écriture ne sera plus la même qu'avant ; pendant quelque temps, pendant plusieurs années, elle rappellera celle d'un enfant.

— Pardon, pardon.

À force de bourrades et de coups de coude, il avait avancé de trois voitures ; le type, s'il s'en souvenait bien, était monté au centre du train, et Serpellini était devant : il pouvait y arriver, il pouvait le rejoindre avant que l'assassin trouve sa victime.

Si vous tenez le poignard de la main gauche et que vous frappez de bas en haut, il est facile d'atteindre le foie de celui qui est en face de vous.

Il avait gagné une autre voiture. À présent il le voyait ; le mutilé de guerre, celui qui attendait le train à Usmate, était là, assis. Lui aussi avait attendu Serpellini, mais avec plus de calme, avec sang-froid : il n'avait aucune hâte, lui. Il avait écrit que la guerre lui avait enlevé un tas de choses, et il avait raison : elle lui avait enlevé sa fiancée, son bras droit et qui sait quoi d'autre. Il éprouva de la pitié.

Il s'arrêta à un mètre de lui. L'autre ne pouvait se douter de rien.

Le train avait cahoté sur l'aiguillage avant de s'engager sur la ligne droite qui menait à la gare de Bergame. Adelmo ne savait pas quoi faire. À un moment donné, une voix domina le bruit général.

— Billets, billets, s'il vous plaît.

Les ouvriers montraient leurs abonnements et Serpellini les contrôlait prestement, comme s'il voulait rattraper le temps perdu, à présent que le train ralentissait en fin de parcours.

Était-ce le bon moment ? Un bon coup sec, et Italia était définitivement vengée ; un coup rapide, la portière tout près, l'ouvrir et sauter à terre, les autres tout autour immobiles, ahuris, juste le temps pour lui permettre de fuir à travers les voies avant que le train ne soit complètement à l'arrêt.

Était-ce le bon moment ?

— Billets, billets, s'il vous plaît.

Non, Serpellini, non. Arrête-toi, range ta poinçonneuse de contrôleur, on est arrivés, reste là où tu es.

Mais non, il continuait. Il était à quelques pas d'Adelmo, et entre eux l'assassin.

Si au moins il avait pu trouver quelqu'un sans billet, s'il avait dû dresser un procès verbal ou effectuer une régularisation. Mais non, tous étaient en règle.

Le mutilé se dressa debout, tout à coup.

— Serpellini, attention !

Adelmo avait crié, il l'avait mis en garde, mais l'autre ne comprenait pas, il se tenait là, hébété. Car il n'était pas facile de comprendre en un éclair tout ce qu'Adelmo à présent savait, il n'était pas facile de comprendre six homicides, deux ans de haine, vingt ans de haine :

— Serpellini, il veut te tuer !

Mais non, juste un regard interrogatif.

Adelmo s'élança en avant ; un mètre, juste ce qu'il fallait.

Au début il ne sentit rien, seulement le goût du sang dans la bouche, puis une sensation de chaud et de mouillé au ventre ; la douleur ne vint qu'ensuite, une douleur inconnue. Il regarda sa chemise, la chemise qu'il avait mise la veille au soir pour sortir avec Irene : elle était toute rouge.

Alors il tomba. Il tomba par terre au moment même où le train s'arrêtait. À présent il voyait les choses d'une perspective différente : c'était bizarre de tout regarder d'en bas. Il voyait les ouvriers qui se démenaient tout près, il les voyait, mais il ne sentait pas sous lui les mains qui le soulevaient.

Il se retrouva étendu sur le quai. Auprès de lui, un homme agenouillé lui pressait un mouchoir sur sa blessure ; autour de lui, un cercle de pieds, de jambes, de gens.

Et puis le cercle s'ouvrit et Irene entra. Il la voyait livide, mais elle ne pleurait pas.

Elle enleva son corsage et le lui roula sous la tête, peu lui importait que tout le monde la voie en soutien-gorge.

— Adelmo, m'entends-tu ?

— Oui, je t'entends.

Sa voix était faible, mais claire et précise, sans tremblements.

— Ils l'ont pris, ce sont les ouvriers qui l'ont arrêté et qui l'ont remis à la Police des Chemins de fer.

— Alors c'est fini, il ne te tourmentera plus avec ses lettres.

— Non, on sera enfin tranquilles. Tu ne vas pas t'en aller, n'est-ce pas ?

— Non, je crois pouvoir tenir.

Il se sentait immensément las. Dans l'air tournoyaient les mots.

— Il va s'en tirer... Le type l'a frappé de côté... En plein, en plein... A-t-on appelé le docteur ? Il arrive... L'ambulance... Pauvre gars...

— Ne t'en va pas, Adelmo.

— Je ne m'en vais pas.

Il trouva la force de lui prendre la main.

— Peut-être qu'à présent les choses vont changer.

— Tu le crois, Irene ?

— Oui, comme dans la chanson.

— Laquelle ?

— Celle que nous chantions hier. *Ô Badoglio, Pietro Badoglio...* Chante avec moi, le peux-tu ? À voix basse.

— *Ô Badoglio, Pietro Badoglio, engraissé par le fascisme, avec ton bon compère Vittorio, tu nous as déjà suffisamment cassé les couilles. Tu te souviens de la guerre d'Éthiopie et du duché d'Addis*

Abeba, tu méritais d'attraper une amibe, et en re-
vanche tu te faisais des millions.

— Oui, c'est ça, Adelmo, chante, mais les cou-
plets finals ; c'est là que tout change, c'est là que
ça changera pour nous aussi. Chante, Adelmo, s'il
te plaît.

— *Non, malgré toutes vos simagrées, soyez cer-*
tains qu'on ne veut plus de vous, dis-le-lui donc à
ce grand charlatan, qui voudrait rester sur le trône.
Si Benito nous a cassé les pieds, toi Badoglio tu
nous as cassé les couilles, pour les fascistes et pour
les vieux fripons, il n'y a plus place en Italie.

On entendit la sirène de l'ambulance arriver au
loin, puis plus près, enfin se taire, juste au moment où Adelmo répétait la conclusion.

— *Pour les fascistes et pour les vieux fripons, il*
n'y a plus place en Italie.

REMERCIEMENTS

Une histoire n'est jamais entièrement à celui qui la raconte, elle comporte des parties qui appartiennent à d'autres personnes et à d'autres histoires ; car les histoires, même les plus extravagantes, naissent de la réalité.

L'histoire de la catastrophe de Balvano appartient en premier lieu à ceux qui l'ont vécue, aux rares rescapés et aux centaines de victimes ; ensuite, elle appartient à ceux, peu nombreux, qui en ont entretenu le souvenir jusqu'à aujourd'hui. Celui qui m'a raconté pour la première fois ce qui s'était produit dans le tunnel des Armes, c'est mon père ; mais la description la plus complète de ces faits se trouve dans le livre de Mario Restaino, Un train, une époque : histoire du 8017, *d'où j'ai tiré la plupart des indications techniques et documentaires.*

Mais les histoires se télescopent aussi entre elles, avec un troublant hasard. C'est fortuitement qu'un jour l'écrivain Marco Chinaglia a trouvé dans un grenier la correspondance du cheminot Adelmo Baudino, et qu'il me l'a donnée, pensant qu'elle pourrait me servir, mais sans savoir que j'étais précisément en train d'écrire un roman « ferroviaire ».

Je veux alors remercier le hasard et toutes les personnes qui l'ont aidé pour que cette histoire passe par moi : merci à mon père, à Mario Restaino, à Marco Chinaglia et à Barbara, qui a lu et relu ces pages tandis qu'elles prenaient forme.

DU MÊME AUTEUR

Aux Éditions Gallimard

Dans la collection Série Noire

À MON JUGE, 2008.

Aux Éditions La fosse aux ours

TRAIN 8017, 2004 (Folio Policier n° 495).

LA CHANSON DE COLOMBANO, 2002 (Folio Policier
n° 336).

Composition Nord Compo
Impression Novoprint
le 2 janvier 2008
Dépôt légal : janvier 2008

ISBN 978-2-07-030676-3/Imprimé en Espagne.